KB143403

살아있는 아름다움의

덧없음

시계문학회 지음

초판 발행 2021년 12월 8일
지은이 시계문학회

펴낸이 안창현 **펴낸곳** 코드미디어
북 디자인 Micky Ahn **교정 교열** 민혜정
등록 2001년 3월 7일 **등록번호** 제 25100-2001-5호
주소 서울시 은평구 갈현로 318-1
전화 02-6326-1402 **팩스** 02-388-1302
전자우편 codmedia@codmedia.com

ISBN 979-11-89690-61-8 03810

정가 12,000원

시계문학 열네 번째 작품집

살아있는 아름다움의 덧없음

어느 봄날 꽃들의 합창을 제대로 듣지 못한 채 시간을 보내고, 짙푸른 녹색의 향연도 맘껏 느낄 사이도 없이 어느새 단풍의 계절 가을이 깊어가고 있습니다. 그러나 아직 코로나19는 종식될 기미가 보이지 않고 있으니 언제쯤이면 우리 문우님들과 예전과 같이 수업을 받고, 문학 기행을 다닐 수 있는 날이 올지 가늠하기가 힘든 날들입니다. 이런저런 행사 계획을 세워 보았지만 실행할 수 없었으며 그 아쉬움을 소수의 인원이지만 수강 시간에서 뵐 수 있는 것으로 위안 삼으며 한 해를 보냈습니다. 또한 문학의 깊이를 도모하는 발자취를 찾아가는 기행을 할 수 없었기에 큰 아쉬움이 가슴 한 켠에 자리하고 있습니다.

코로나19로 인한 제약에도 불구하고 창작의 힘을 쏟고 계시는 문우님들의 열정에 박수를 보내드립니다. 올해도 어려운 여건 속에서 창작하신 작품을 모

아 한 권의 작품집이 탄생한 것을 기쁘게 생각합니다. 아울러 여러 문우를 보듬어 주시고 이끌어 주신 지연희 교수님, 교수님이 계셨기에 지금까지 시계문학회가 우뚝 설 수 있었던 것을 마음 깊은 곳으로부터 감사를 드립니다. 힘든 시기 열심히 작품 활동을 하시는 문우님들 덕분에 늘 행복했습니다.

2021년도 여러모로 어려운 일들을 잘 견디어 내시고 이겨내신 지연희 교수님과 문우님들 진심으로 고맙습니다. 2022년도 우리의 삶에 있어 기쁨이 생을 지배할 수 있기를 기도합니다. 바람이 차갑습니다. 건강에 유의하시고 건필하시길 소망합니다.

열네 번째 시계문학회 동인지를 출간하게 된 것을 진심으로 감사드립니다.

시계문학회 회장 김옥남

긴장과 공포의 시간 속에서

지연희(한국여성문학인회이사장)

참으로 기나긴 긴장 속에서 두 해를 지나며 다시 또 빛의 시간을 꿈꾸는 송구영신送舊迎新의 지평에 닿아있다. 묵은해를 보내고 희망찬 새해를 맞이하는 기원이 어느 해보다 간절하다. 더는 두려워하지 않게 더는 발목이 코로나19의 사슬에 묶이지 않게 기도하던 지난 시간을 돌아본다. 분명한 것은 대한민국 문단의 한 사람으로 우리 모두는 얼마나 가슴 조이며 창작의 뜰을 서성이었는지,

어떻게 무엇을 백지 위에 풀어 놓아야 할지 착잡함 그대로였다. '펜은 칼보다 무섭다'는 절대한의 무기를 장착하고 있음에도 필설로 대응하지 못한 공포 속에서 지내온 어제이며 오늘이지 싶다. 하지만 그 같은 남루한 사회적 환경 안에서 회원 여러분의 창작의욕은 어느

때보다도 간절하여 질량으로 성장 발전하였다고 생각한다. 인간에게 주어진 삶의 가치는 하고 싶은 일에 투신하여 최선을 다하는 기쁨이라고 했다.

한 해 동안 많은 아픔 속에서도 의연하게 강의실을 지켜주신 문우 여러분께 감사드린다. 앞으로 맞이하게 될 싱그러운 시간들이 우리의 문학정신을 더욱 신장시켜 줄 것이라 믿고 있다. 무엇보다 우리는 행복한 사회를 짊어져야한 무한한 책무가 있는 시인이며 수필가라는 사실을 잊지 않았으면 한다. 시계문학의 살림을 맡아 회원들의 손발이 되어준 김옥남 회장과 유무수 사무국장의 노고에 감사드린다.

Contents

회장 인사 | 김옥남 4

서문 | 지연희 6

탁현미 + 시 | 밤 말은 쥐가 듣는다지 _13 | 백내장, 이런 것이었구나 _15
어느 날의 단상 _17

임정남 + 시 | 가을 향기 _20 | 강렬한 충동 _22 |
은행나무 아래 벤치에 앉아 _24
바람이 머무는 곳 _26 | 영원한 애인 _28

김옥남 + 시 | 오늘을 견디는 것 _31 | 고통 _32 | 봄이 오면 _33
바램 1 _34 | 바램 2 _35

손거울 + 수필 | 가을이 오는 텃밭에서 _37 | 비바람 퍼붓는데 _41
된서리 _44

박옥임 + 시 | 흑 _49 | 사람 _50 | 염원 _51
순응하다 _52 | 그리움 II _53

이흥수 + 수필 | 명동을 추억하다 _55 | 일요일, 발코니 음악회 _58
홍시 _61

김복순 + 시 | 장미빛 사랑 _65 | 스피커 높은 울림으로 인해 _66
당신의 뿜어내는 입김 _68 | 길을 나선다 _70
황혼이 깃든 시간 _71

정선이 + 수필 | 젊은 날의 추억을 나누며 _73
코로나 세상 _76

심웅석 + 시 | 서른 살 적에 _80 | 그 강을 건너도 _81 | 하느님의 징벌인가 _82
수필 | 충청도 어투 _83 | 주량이 얼마예요 _85

이중환 + 시 | 가을 앞에서 _89 | 세상에나 _90 | 쌍무지개 _92
절정 그 앞 _93
수필 | 멍들다 _94

Contents

김은자 + 시 | 물 밖에서 뒤척이는 일 _98 | 숲 _99
이른 장마 속에서 부르는 봄 _100
몸부림치다 남긴 흔적 _101 | 회룡포 불타는 솔방울 _102

김근숙 + 시 | 거울 _105 | 다시, 또다시 _106 | 세상 속에서 _107
수필 | 그림자 _108 | 신과의 조우를 꿈꾸며 요르단에 가다 _111

최레지나 + 시 | 5월의 눈물 _116 | 붉은 장미 _118 | 삼베 _120
후반전 _122 | 소리 없는 이별 _124

유태표 + 수필 | 살아있는 아름다움의 덧없음 _126 | 설거지 _130
코로나, 홀로 되는 길 _134

윤문순 + 시 | 소나기 _139 | 익어간다 _140 | 돌맹이 _142
빨래 _143 | 거듭나기 _144

김미자 + 수필 | 귀중품 _147 | 자식 _152 | 자식 2 _157

김선수 + 시 | 쑥 _161 | 밥 1 _162 | 돋보기 _164
수필 | 어차피 한 번 보고 말 사람 _166 | 여름이 온다 _170

박주은 + 시 | 까치 등대 _175 | 능소화 _176 | 봄소식 _177
그 목소리 _178 | 채송화 _180

탁현미

떠도는 바람처럼,
무심히 흐르는 구름처럼
자유로운 영혼으로 살고 싶다.

시

밤 말은 쥐가 듣는다지
백내장, 이런 것이었구나
어느 날의 단상

약력

계간 『문파』 시 부문 등단. 한국문인협회원, 시계문학, 문파문학회장 역임. 저서 : 공저 『너의 모양 그대로 꽃 피어라』 외 다수.

밤 말은 쥐가 듣는다지

언제부턴가 밤에 걷는 습관이 생겼다
고즈넉한 죽 뻗은 가로등 길
밤의 품에 안겨 단짝의 너울춤을 보며 걷노라면
고단한 하루를 잠재우는 무념의 평화가 온다

하늘 한가운데 둥근 보름달이 떠 있다
자그마한 키, 구부정한 어깨
엄마의 뒷모습을 닮은 두 여인이
연신 깔깔 웃으며 걷고 있다
(좀 더 가까이 그들의 세계에 가고 싶어 앞서거니 뒤서거니 하며 걷는다)
너 물리 선생님 생각나니? 출석부 옆에 끼고 철학 냄새 풍기던
알지 내가 얼마나 좋아했는데, 아이들 절반이 좋아했을걸
(그 시절 선생님 짝사랑 한 번 해보지 않은 학생 있을까)
대리석으로 깎은 듯한 신참 국어 선생님 얼굴 기억하지
앞뒤로 설치던 작은 아이가 무지 좋아했지
둘이 결혼했다는 소문도 있었는데
(우리 반에도 그런 아이 있었지 밤송이 같은 머리에 강원도 산골에서 맨발로 밤껍질을 밟아 벗겼다는 국어 선생님, 수업 시간은 재미없었지)

너는 체육 선생님을 무지 좋아했어 달리기 꼴찌만 했던 네가
매일 달리고 달려 일등을 했잖아
그때의 기쁨을 생각하면 지금도 가슴이 울렁거려
나의 짝사랑 선생님 지금도 살아 계실까
(지금도 나는 운동 잘하는 사람을 보면 가슴이 설렌다)
참 내 첫사랑 기억하니?
그럼 비쩍 말라 가지고 줄담배 피우던 얼굴 희멀건 남자
며칠 전에 죽었다네 폐암으로 숙자가 그러더라
(숙자, 그 당시 흔한 이름이었지 우리 반에도 몇 명 있었지)
우리 둘이서 소곤거리다 음악 선생님한테 들켜 복도에서 낄낄거리며 벌섰던 거 생각나지 그 시절엔 잘도 웃었는데
(책상 위에 단체 벌섰던 적도 있었는데 하하하)
춥고 배고파오네 둥근 난로 위의 도시락 생각난다. 내일 봐
(유난히 김치 익는 냄새가 위를 자극했지)

나는 오늘 한 마리의 즐거운 밤 쥐였다.

백내장, 이런 것이었구나

어제 백내장 수술을 하고 오늘 가제를 떼었다
눈을 깜박거리며 뜨라고 한다

갑자기 눈으로 쏟아지는 밝은 빛
푸른 하늘이 품으로 안겨 오고
꽃단장하는 낙엽들의 팔랑거림
낯설고 선명한 차가운 이 느낌은 뭘까

온 집안이 환하게 빛나고 있다
손에 쥐어져 있는 커피잔도 희다. 눈부시게
거울에 비친 낯선 희멀건 얼굴
게슴츠레한 눈이 반백의 머리를 보고 있다, 너는 누구냐며

짝꿍의 눈으로 하늘을 본다
흐릿한 하늘 미세 먼지라 생각했지, 내 눈 탓인 걸
색이 바랜 벽지, 때 묻은 컵, 햇볕에 그을린 얼굴
이것이 진정한 내 모습이고 싶다

베란다에서 올려다본 상현달

희고 창백한 얼굴로 내려다본다
처음으로 느껴보는 쓸쓸하고 애처로운 모습

가려서 보이지 않는 진정한 겉모습은
밝음인가 어둠인가

어느 날의 단상

을씨년스러운 풍경, 온몸으로 목마름을 느끼며 바람 속을 걷는다

금방비가올듯잔뜩찌푸린하늘한구석이열리며엿보인푸른하늘그곳에길게

그어진비행기구름,저절로미소짓게한다

봄이면눈처럼휘날리는벚꽃길을여왕이된기분으로걷게했던그길위에간밤에온비로고운옷한번입어보지못한채누워있는낙엽들

검은아기고양이잘라낸나무구루터기위에서흰발에얼굴묻고낮잠을즐기고 있다

걷다지친몸작은벤치에앉아무심히흘러가는구름을쫓으며지금까지움켜온주머니들하나씩버리며심호흡해본다

아파트경비실앞에놓여있는서너개의화분,선홍색으로피어있는맨드라미,그꽃을보고있으면오랜옛날어제의이웃이붉은완장에몽둥이들고설치던모습이눈에선해가슴이떨린다는구십을바라보는여인의말이귓가에맴돈다

오후세시가되면아파트한구석빈공터에모여있는수십마리의비둘기,그들에게먹이를주는할머니와지팡이,그옛날'노아의방주'때용맹

을보였던조상들의기상은어디로가고혼자중얼거리며가슴을쳐본다먹이를빼앗아버린인간탓을하며

비에젖어추레해진내모습닮은해바라기, 먼옛날친구들과깔깔웃으며뛰놀던해바라기밭떠올리며뜨거워진눈시울로손이간다

검은깨알만한거미가귀가하는석양빛속에서열심히삶의터전을수놓있는애처로운모습, 왠지어린소녀가장모습이스쳐지나간다내일은바람이불지말아야할텐데

서녘하늘에처음으로놀러나온초승달넓고넓은하늘에놀란듯재빨리사라진하늘노을이붉다

바람에 떠밀려 가벼워진 몸으로 도착한
작은 간이역 낡은 벤치에 앉아
무수히 쏟아져 내릴 듯 빛나는 별들을 보며
불 밝히며 다가오는, 마지막 열차를 기다려 봄도

임정남

비 그친 날 없이 비 내리더니 어제 오늘 하늘이 파랗다
창밖 울어대던 귀뚜라미, 제비 돌아가고 떼 기러기
언제 왔노? 끝도 없이 노란 국화 이어져 있고, 국화 향기
퍼져 이 멋진 풍경에 시 마구 써 본다

시

가을 향기
강렬한 충동
은행나무 아래 벤치에 앉아
바람이 머무는 곳
영원한 애인

약력

경북 영주 출생. 안동 교대 졸업. 교사 역임. 계간 『문파』 시 부문 등단 (2009).
한국문인위원. 국제PEN한국본부 회원. 수상 : 문파문학상. 저서 : 시집 『낮달』
『비로소 보이는 것은』 『눈부시게』, 공저 『물들다』

가을 향기

봄 부럽지 않은 솔향 같지만
과일 향을 뽐내어 들썩거려도
은은한 국화 향은 가을 낭만을 더한
단풍 같은 詩가 주렁주렁하다

지금부터
활짝 열어젖힌 창문으로 들어온
곰살맞은 바람 부드러운 햇살이
구석구석 머물고 있는
설렘이 분주하게 왔다 갔다 하고

보소 보소!
이 가을 우리 같이 걸을까
많다 많은 그 세월이 어디로 가는지
바람은 불어오기만 하고
내가 사는 굴레는 어디까지인가
눈을 떠 둘러보니 세상 끝이 보이지 않고

풀벌레 밤새 계곡에서 울고
별빛 곱게 내리는 밤

내 가슴에 장편 詩는 끝도 없이 쓰면서
대낮처럼 떵떵거리는 영혼이
인생의 고난과 슬픔을 시로 노래하면서
고요한 산사는 가을이 왔다고 떠들지도
않는다

또
우리 집 거실을 차지하고 있는
원목의 식탁과 찻상의 그윽한 향기는 젊잖게
앉아 있고 온 집을 서실로 만들어 어설픈 지필묵을
펼쳐두니 묵향 냄새가 집안을 구름같이 떠다니고 있다

강렬한 충동

숨어 있는 태양은 보이질 않지만
소문처럼 태풍은 얼얼하게 큰 소리로 지나갔다
고양이 눈으로 발톱 세워 땅속으로 박고 서서
종종걸음으로 숨 가쁘게 달려온 이 시간

오만과 독주를 벗어나 따뜻한 협치를
해야 하는 여당과 야당처럼
풀과 나무와 새들에게도
꿈에도 그리운 옛날 우리 집 인물 좋던
dog에게도—

태양 아래서 구름을 찾지 말고 푸른 나무에
열매만 따지 말고 도처에 앉아 있는 자연에게
고개까지 숙이면서 배울 차례가
하! 지나기도 했지만 어쩌랴!

지구를 사랑했던 날들처럼 머지않아 이별도
치열하게 눈 똥그랗게 뜨고, 줄줄 줄—
홀로 마시는 술맛같이 쓰디쓰지만
달빛 아래 고요히 흔들리며 가고 있을 그대

생각하면 온 자연에게 미안해서 주먹으로
지르고 싶은 마음으로 혼자 우는 찌르레기,
가난하고 홀쭉한 찌르레기,
살구꽃이 필 때 꽃비 우산 들고 찾아오려나?
아무리 돌을 던져도 닿질 않으니
자꾸만 더 멀어져 가는구나

은행나무 아래
벤치에 앉아

텅 빈 적막
늦가을의 고요
홀로 깊어가는 오후

누구나
달빛사랑 꿈꾸고 있는지?
자꾸만
지워지는 이름 앞에
부여잡고 싶은
십일월!

내 나이를 인정하지 못하고
어디서 누구와 앉으면
묻지도 않는 말 떠들어댄다

해는
자꾸 서쪽으로 넘어가는데

노랑 은행잎들은 앞치마에

수북히 떨어지고 있다

바람이 머무는 곳

살아갈수록
지울 수 없는 얼굴이 늘어난다
사랑했거나
미워했거나

고향 솔밭을 버리고
떠나 온 지 십수 년
언제나 그곳에 귀 기울이며
외로울 때 그 바람이 머무는 곳
내 혼자 미소 지우며
그리워하는 바람

어느덧
마른 옥수수 잎 와삭거리는 소리
아침저녁 귀뚜라미 울음소리
길가에 드러누워 숨 헐떡이는 가로수
그 사이를 왔다 갔다 부는 바람

보일 것도 같고
만질 수 있을 것도 같은 그리운 추억들

서산 노을을 바라보면서
떨고 있는 그리움
잡힐 듯 말 듯

이제
그 마음 하도 맑아
그 바람을 찾아
그리운 그 모습 찾아
끝도 없는 자연을 찾아
예쁜 꽃들을 담아 스케치하고 있다

영원한 애인

늙은 소나무 품에 안겨 포근한 마음을 느끼며
때론 어린 맥박이 뛰는 소리를 듣는다
허망한 언어가 낭떠러지로 떨어지는
가끔은 골목대장 같은 말투로

어제 산 운동화 신고 온 집안을 돌아다닌다
벗었다 신었다 양말을 바꾸어 가며
혼자서 아주 멀-리 소근거리는 이야기 활짝 필 때
나무의 수액이 흐르는 소리가 들린다

이제
나이 들어 바위 곁에서 나무를 바라보듯
그 향기와 냄새를 맡으며
밝은 햇살 흰 구름 따라 하릴없이 흐르고
곁에서 이 세상 지울 수 없는 얼굴로 남아

여전히 그립고 미운 정이 깊어
모든 것 쓰러지고 사라지는 가을 앞에서
그리움 피어 있는 장미꽃 여름 지나
그 좋은 추억과 어우러져도 좋은 계절

어디
바람에 날리는 코스모스뿐이랴
높고 푸른 하늘과 고추잠자리 노란 들국화
그리움 감싸며 함께 살아간다

김옥남

가을바람은 마음을 흔들어 놓습니다
마알간 햇살 아래 거닐다 벤치에 앉아 속삭여 봅니다
그대가 있어 참 좋다고-

시

오늘을 견디는 것
고통
봄이 오면
바램 1
바램 2

약력

경북 안동 출생. 계간 『문파』 시 부문 등단 (2010). 한국문인협회 저작권옹호위원, 한국문인협회, 한국여성문학회, 한국문예학술저작권협회 회원, 한국문인협회 용인지부 사무국장, 문파문학인회 이사, 시계문학회 회장. 수상 : 용인시 문인협회 공로상(2013), 경기도의회의장상(2018). 저서 : 시집 『그리움 한잔 (2019 용인문화재단 문예진흥기금 수혜)』, 공저 『계간 문파 시인 선집』 『문파 대표 시선』외 다수.

오늘을 견디는 것

언 땅 속 씨앗이
멀지 않아 따스한 햇살
대지에 스며들 때
속살 비집고 기지개를 켠다는 믿음이다

아이가 뜀박질하듯
경쾌한 발걸음으로 내 곁에 와서
살며시 어깨를 토닥여 줄 것이다

가뭇없는 짙은 먹구름
온몸 감싸고 있어도
오늘을 견딜 수 있음은
하늘의 순리를 믿기 때문이다

고통

검은 구름 하나, 둘
온몸을 야금야금 갉아먹는다
헤어날 수 없는 수렁
깊이를 알 수 없는 아득한 바닷속

손발이 저려온다
바로 걸으려 애를 써도 휘청거리는 다리
오랜 시간 굳어가는 몸으로
문을 두드린 거대한 하얀 집

뒤틀린 몸 고통을 멈추게 하는
마알간 액체 손에 쥔 의사의 발자국 소리
미어캣이 되어
온몸의 신경을 곧추세운다

고통의 시간 끌어안고
견디며 견디며
날개에 힘을 실어 훨훨 나는 독수리같이
솟아오르길, 사무치는 절실함 뼛속에 새긴다

봄이 오면

꽁꽁 얼어붙은
잿빛 구름이 떠난 자리
햇살, 파란 물빛 가득 채우고 있다
떠나보내면 그만인 것을
곁에 두고 발버둥치는 고통
알싸함 가슴에 품는다
이제,
미련의 끈 놓아버리고
마알간 봄 햇살 가슴에 품는다
나무마다 머금은 연둣빛
그대 닮은 따스한 눈빛이다
봄,
내 마음의 정원—
붉은 장미 송이송이 피겠다

바램 1

함박눈 선을 그으며 내리다
바람에 몸을 실어 제멋대로 흩날린다

펼쳐진 하얀 도화지
발자국으로 그림을 그린다

귀에 들리는 오도독오도독
생밤 씹는 소리

레몬처럼 상큼하게 느껴지는 차가움
생글거리는 시간이다

살근살근 내리는 하얀 눈
자연 치유되는 백신이라면

삶의 소소함
맘껏 누릴 수 있을 텐데

바램 2

허름한 햇살 끌어안고 있는
헝클어진 오후

집으로 돌아가는 길
황사 먼지 뒤집어쓴 이정표

잿빛 긴 터널 끝나는 곳
옥색빛 하늘 볼 수 있다는 바램

우리 마주 앉아 들숨 날숨 하듯
흘러가는 시간을 이야기하고 싶다

거리를 두고 있는 사람들
곁에 두고 두 눈에 담고

휘장 걷어 내어
무릎 맞대고 앉아 온기 나누고 싶다

손거울

세계적인 부호 워런 버핏은 인생의 성공은 무엇일까요?란 질문에 "사랑해 줬으면 하는 사람이 당신을 사랑해 준다면 인생은 성공입니다."라고 했다. 반대로 "당신이 어떤 처지에 있는지 관심 있는 사람이 없다면 돈이 아무리 많도 성공이 아닙니다."라고 했다.
된서리가 예고도 없이 한밤에 쏟아져 내가 사랑하던 텃밭이 초토화되고 말았다. 아침저녁으로 나를 반기던 친구가 사라지고 말았다.
수요일마다 만나는 문우님들이 있다. 창문 없는 방에 같은 공기로 숨을 나누며 생각과 처지를 나누는 벗이 있어, 올해도 어김없이 개똥철학을 논한다. 그리고 읽어주는 이들이 있기에 적어 본다. 지금 바로 여기에서 내 처지를 가장 잘 아는 벗들이기에 이해하시리라 믿고 보낸다.
다 말라버린 텃밭 위로 찬 바람이 불고 있다.

수필

가을이 오는 텃밭에서
비바람 퍼붓는데
된서리

약력

계간『문파』수필 부문 등단 (2014). 한국문인협회, 문파문학회, 용인 문인협회, 시계문학 회원. 저서 : 수필집『울 엄마 치마끈』

가을이 오는 텃밭에서

며칠간 여름 소나기같이 세찬 비가 오는 날씨가 오늘 오후에야 검은 구름을 밀어내고 말끔히 가을을 찾아 나선 듯 하늘이 맑다. 텃밭에는 어느새 메밀잠자리가 한가득 유희를 즐기고 있다. 그동안 강한 바람과 함께 비가 몰아간 텃밭을 살펴본다. 고추밭에 연한 가지가 염려되어 일기예보를 듣고 긴급으로 덤으로 친 줄에 작은 고추를 매단 가지가 용하게 손을 놓지 않고 붙들고 견디어 내어 대견스럽다. 오리 우리가 있던 자리에 잡초로 우거진 수풀 사이가 허전하여 비집고 몇 구덩이를 파고 호박 모종을 심었다. 이 작은 모종이 억센 잡초 사이에서 자랄 수 있을까 염려되었다. 그것은 기우였다. 오랜 기간 오리가 기거하면서 땅을 잘 썩혔기에 호박이 어찌나 무성하게 자라는지 여름 내내 호박 넝쿨이 뒤엉켜 며칠 전만 해도 사람의 근접을 불허했다.

오늘은 호박 상태를 점검키 위하여 가까이 가보았다. 그 무성하게 자라 어지럽게 엉켜있던 넝쿨이 차분히 땅에 내려앉아 있다. 자세히 보니 호박 심기 전에 자란 잡초 위에 사정없이 뻗어 갔던 넝쿨에 의해 그 많은 풀이 이번 비바람에 맥없이 녹아 죽고 말았다. 자세히 관찰해본 결과 급속히 자라는 호박 넝쿨이 원래 자라던 잡초 위를 덮어씌우고 그 넝쿨에 어른 손 두 개를 편 것보다 큰 잎이 겹겹이 펼쳐 자랐다. 그래서 잡초가 빛을 받지 못하게 된 후 이번 비에 땅바닥 습기가 심히 올라오니 갇힌 잡초는 맥없이 녹아 버렸다. 그 대신 호박은 줄기로 퍼져나가는 고로 상대적으로 강하다. 잡초가 물러간 그 자리에 호박 줄기가 아주 굵고 검푸르게 무성하다. 줄기 사이사이에 누렇게 잘 익는 호박이 주렁주렁 달려 점잖게 바닥에 앉아 있다. 더 오래 있으면 썩을 것 같아 따보기로 한다.

호박을 하나씩 따보니 아직 덜 익은 것은 달아두고 황금빛 나는 것만도 7개나 된다. 그중 반 정도는 한 손으로 들 수 없는 큰 것이다. 창고에 들여놓고 보니 창고 가득하다. 아직 조금 더 있으면 따게 될 것을 합치면 적어도 15개 정도 수확할 수 있을 것 같다. 반 정도는 이웃에게 나누어 주더라도 올해 호박 농사는 완전한 성공이다. 이는 내가 잘 지은 것이 아니라 오리가 몇 년 동안 살면서 배변하면서 땅을 썩혀두었기 때문이다. 오리는 날려 보내고 그 자리에 자란 호박은 체면 없이 내가 먹고 있다. 그런데 그중 가장 잘 익은 호박, 가장 큰 것을 자세히 보니 쥐가 냄새를 맡고 벌써 시식했다. 이 쥐들은 오리가 살 때 오리 밥을 훔쳐 먹고 살던 놈들이다. 오리 집이 헐리고 먹이가 없어졌지만 그곳에 기거하다가 호박 익기를 기다려 그중 제일 큰 놈을 먹기 시작한 듯하다.

처음 작은 모종이 잡초 사이에 뿌리를 박고 군락을 이루어 둔 실상을 보며 많은 생각을 하게 한다. 이는 단결력이다. 식물도 동족은 서로 양보하며 자란다. 자기와 다른 종에게는 특유의 보호 항을 발휘하여 싸운다. 이번 호박은 잡초로부터 완전히 승리한 것이다. 그리고 호박이 익기까지는 여러 단계를 거쳐 완숙에 이른다. 꽃을 맺고 수정을 하고 열매가 열리고 자라 초록에서 청색으로 다시 황색으로 익고 마지막으로 붉은 황색으로 익고 껍질에는 하얀 분이 나오면 이것이 완숙이다.

사람의 감성도 연륜이 쌓일수록 깊고 넓은 사고를 하게 되는 것으로 안다. 이런 분을 우리는 어른이라고 존경한다. 원로 교수 한 분이 현 정부의 실책을 비판했다고 정철승이란 자가 원로 교수님을 "이래서 오래 사는 것이 위험하다"라는 옛말이 생겨났다고 하고 생존하는 한국 철학자의 중심에 서 있는 선생님을 노망한 것처럼 폄하하는 그 '사가지' 없는 인간을 어떻게 할까? '사가지'란 인의예지仁義禮智로 우리 민족이 가장 숭상하는 덕목이다. 여기에 신信을 더 붙이면 오가지라고 한다. 어릴 때 엄마는 사내는 오가지가 있어야 한다고 하셨는데 무슨 말인지 몰랐다. 장안의 4대문과 보신각의 신을 합하여 인의예지신이 오가지다. 그는 또 고대 로마 남성은 자신이 공동체에 보탬이 되지 못한다고 생각되면 스스로 곡기를 끊고 생을 마감했다고 한다. 그렇다면 자기 부모는 몇 살 인지 묻고 싶다. 나는 벌써 곡기를 끊고 뒷방에서 자리보전해야 할 것 아닌가? 분통이 터진다.

며칠 전 국회에서는 젊은 초선이 국회의장을 상대로 GSGG(개새끼)라고 불렀다. 처음에는 무슨 말인지 몰랐지만 알아보니 망측한 말이라 입에 올리고 싶지 않다. 새파란 초선이 6선의 원로를 보고 쌍욕을 해도 징계는 없다. 이는 도덕과 질서는 벌써 무너진 지 오래다. 나는 여기서 이번 호박을 따면서 본 대로 완숙에는 절차와 연륜이 되어야 한다. 그런데 원로를 폄하하는 일을 보고 그들은 개새끼보다 못하다는 생각이 들었다. 그래서 이들에게 JSGG라고 부르고 싶다. 쥐는 특성이 숨어서 훔쳐 먹으며 눈에 띄지 않고 산다. 그래서 나는 그들은 GSGG 보다는 JSGG 가 맞다고 여긴다.

가을에 접어든다. 호박 넝쿨 사이로 돋아났던 잡초가 물세례를 받고 녹아 없어지듯 JSGG도 사라지고 호박 넝쿨처럼 이 땅에 새로운 질서가

확립되기를 간절히 빌어 본다. 올바른 생각을 가진 그룹들이 뭉쳐야 하는데도 서로 물고 뜯고 있는 형국이 마음 졸인다. 결기를 갖고 모두가 나서야 하는데 그 힘이 보이지 않는다. 이번 기회를 놓치면 다시는 이 땅에 자유민주주의는 기대할 수 없다. 촛불 집회에는 문인들도 대거 직간접으로 참여한 것으로 안다. 그중 고, 도, 안, 공 등 이루 말할 수 없이 많다. 그런데 보수 진영은 꿀 먹은 벙어리다. 너무 점잖은 분들인가 보다. 북한 집단의 문인들에게 공산 노동협약에 "우리 문학은 혁명의 문화 특히 조국 통일 위업에 복무하는 문학임을 항시 잊어서는 안 된다."라고 되어 있다고 한다. 여기에 어긋나면 바로 숙청임을 우리는 명심해야 할 것이다. 이제 풍요로운 좋은 계절로 접어든다. 먹구름이 물러가듯 코로나 팬데믹이 물러가고 호박 넝쿨 같은 무성한 나라가 이 땅에 다시 세워져 공짜는 주지도 바라지도 않는 나라로 싱싱하게 발전하여 세계로 뻗어 가기를 기원해 본다. 바라기는 사가지에다 신을 갖추고 오가지가 있는 모종이 이 나라 곳곳에 심겨져 황금 열매 자유와 민주 시장경제가 열리는 넝쿨이 이 땅에 뒤덮혀 머리에 뿔난 JSGG와 종북좌파 잡초들을 녹여 없애버리기를 간곡히 빌어 본다.

비바람 퍼붓는데

올해는 봄비가 아주 잦다. 집 앞을 산책으로 지나가는 한 노인이 '올해는 마당에 벼 심어도 거둘 게 있겠구먼' 하고 푸념하는 소리에 고개가 숙여진다. 신록을 지나 진녹음으로 접어드는 초목이 너무 많은 비에 잎사귀를 늘어뜨리는 것 같다. 뇌 과학 전문 의사의 말에 햇빛을 자주 못 받으면 우리 뇌에서 행복을 느끼게 하는 세로토닌 호르몬의 분비가 감소한다고 한다. 그래서 비 오는 날이 많으면 우울 증상이 증가한다고 한다. 특히 골목 시장에서 보자기를 펴두고 텃밭에서 생산한 농산물이 판매가 될 수 없다.

오늘은 병원 정기 검진 날이다. 비 오는 날은 병원 찾기가 힘이 든다. 채혈 후 아침 식사를 해야 하기에 시장기가 느껴지기 전 채혈을 받기 위해 일찍부터 서둘러 병원을 향했다. 골짝을 벗어나 큰길에 이르는데 비가 제법 많이 내린다. 차를 갖고 가면 쉬운데 주차장이 언제나 혼잡하여 차를 두고 대중교통을 이용하기로 한다. 차를 주차하는데 멀리서 30분마다 한 번 오는 경전철 역으로 직행하는 버스가 오는 것이 시야에 들어온다. 놓치면 또 30분을 기다려야 하기에 급하게 주차장 입구에다 주차하고 우산도 잊고 달려가 버스에 탄다.

다음 정거장에 사람들이 모두 마스크를 하고 차에 오른다. 깜짝 놀라 귀를 만져보니 허전하다. 미안하다는 말과 함께 기사에게 고개를 숙여 사과한다. 다음 정거장에 내려 다시 주차장으로 돌아와 차에 보관 중인

마스크를 하나 쓰고 혹시 하는 마음에 여분으로 하나를 포켓에 넣고 30분을 기다려 다음 차를 탈 수 있었다. 주위에서 모든 일에 서둘지 말라고 한다. 나이를 잊고 자주 서둘러 일을 처리하여 낭패를 당한 것이 몇 번째이다. 가끔 인도에서 신호등이 깜박거리는데도 달려가 다 건너기 전에 빨간불이 켜지는 불상사가 가끔 있다. 건너고 생각하면 내가 이제 그리 급한 일도 없는데 남 보기에 민망스럽게 뛰어 건너는가? 하고 자문해 본다. 그러나 습관은 제2의 천성이라 했던가? 나이 생각 없이 살고 있지만 나의 실수로 남에게 피해를 주지 말아야 한다는 것을 새삼 느낀다.

검진을 마치고 오후에 돌아오는 길에 바람과 함께 비가 억수같이 쏟아진다. 버스 안에서 자리가 없을 정도로 사람이 많다. 뒷자리에 앉아 나의 취미인 카톡을 검색 중에 있는데 버스 안이 소란하다. 눈을 들어보니 운전사와 승객의 다투는 소리다. 비에 흠뻑 젖은 할머니가 머리에 보따리를 이고 손에도 들고 차를 탔는데 버스 기사 내리라고 한다. 문제는 마스크다. 할머니는 시장 골목에서 나물 가지를 팔다가 비가 와서 돌아가는데 마스크를 준비 못 했던 것 같다. 문득 아침의 나를 생각하고 앞으로 뛰어가 "할머니 여기 있습니다." 마스크를 드렸다. 단돈 얼마 하지 않은 마스크 때문에 가뜩이나 젖은 할머니를 내리라고 한다면 어떻게 하라는 건가. 비를 그대로 맞은 할머니 모습에서 우리 엄마 옛 모습이 연상된다. 자리에 돌아와 앉은 내 가슴이 뛴다. 저분이 내 어머니라면 어떨까? 이런 생각에 젖어 있는데 내 쪽을 바라보면서 자리에서 일어서서 몇 번이나 고개 숙여 인사를 한다. "할머니 괜찮아요. 앉으세요." 했으나 자리에 앉지 않고 내 쪽을 바라보며 허리 굽혀 연신 절을 한다.

세상사 세옹지마世翁之馬라 했던가? 지나 보면 보기에 따라 의미 없는 일은 없는가 보다. 아침에 마스크를 잊어 버리고 차를 탔다가 다시 마스크 하나 여분을 갖고 온 것이 우연이 아니었다. 지나고 보니 할머니를 도울 수 있는 귀한 준비였구나 하고 위로한다. 할머니 얼굴을 보면서 상상해 본다. 새벽에 밭에서 장거리를 장만하고 두 보따리 만들어 들고 이고 손주 용돈이라도 주고 싶은 욕심에 힘들게 장터에 도착하자마자 비가 억수로 쏟아진다. 허기진 배를 안고 어쩔 수 없이 무거운 보따리 다시 들고 집으로 가는데 마스크가 없어 기사는 막무가내로 빗속으로 밀어낸다. 모든 법에는 정상 참작이 있다. 그도 자기 어머니 생각했을까? 언제부터 이런 메마른 세상이 되었는가? 팬데믹 속에서 일어날 수 있는 일인데도 아무도 관심 두지 않은 데 실망스럽다. 또한 기사도 한두 개 마스크 정도는 갖고 다니며 그렇게 딱한 처지에 있는 케이스에 호통칠 힘으로 도울 생각은 왜 못했을까? 햇살에 그을린 검게 탄 얼굴로 나를 보며 "복 많이 받으세요" 한다. 울 엄마 생각에 눈물이 핑 돈다. 창밖에는 비바람이 몰아치고 있다.

된서리

가을에 접어들면서 우리의 자랑인 파란 가을 하늘 아래 아침 안개가 자욱하다. 안개 사이로 햇살이 비치면 영롱하게 반짝이는 노랑 빨강 단풍을 만날 수 있다. 골짝에 사는 나로서는 연차적으로 기다리는 운치 중 하나이다. 올해는 자주 내리는 가을비에 이런 풍경을 기대하기가 어렵게 느껴졌다. 비가 내릴 때마다 기온의 변화가 급격하여 서둘러 반소매에서 긴 팔로 바꿔 입은 지가 불과 며칠인데 온몸에 한기가 돈다. 찬 이슬 내리는 한로를 맞아 추워지지 않을까 걱정은 했다. 이러다가 갑자기 추워지면 어쩌지 하면서 텃밭을 내다본다. 개운치 않은 마음이지만 억누르고 있었다. 설마 아직 된서리는 오지 않겠지 하는 막연한 기대 때문이다. 예년에는 무서리가 내려 몇 차례 경고 후 된서리가 왔기 때문이다. 무서리가 오면 거둬드려도 되겠지 하며 싱싱하게 철을 잊은 채 꽃피우고 있는 텃밭을 보면서 미련스럽게 외면하고 있었다.

집을 둘러 사고 있는 산에는 단풍은 아직 느껴지지 않는다. 된서리가 내린다는 상강霜降을 며칠 앞두고 새벽에 창문을 열었다. 화산 가루처럼 온 들판이 서리로 뽀얘졌다. 분명 눈은 아닌데 텃밭은 람보가 지나간 듯 모두 쑥밭이 되어 버렸다. 싱싱하던 잎들은 솥에 삶아 낸 듯 파란색을 띤 것은 하나도 없다. 다만 무와 배추만 독야청청하다. 용감하게 뻗어나던 호박 넝쿨은 그 큰 잎사귀가 까맣게 얼어 녹아버렸다. 고사리손처럼 고개 들고 앞장서서 전진하던 부드러우면서도 그 용맹스럽게 자란 순이

처참히 말라 화석이다. 따라서 수십 개의 누렇게 핀 꽃들은 가슴 벌리고 벌 손님을 기다렸는데 형체조차 남기지 않았다. 아기 주먹만 한 호박들은 견디다 못해 여기저기 땅바닥에 얼음덩어리가 되어 뒹군다.

싱싱하던 고구마 순이 동시에 검게 폭삭 시든 잎을 머리에 인 채 쓰러져 있다. 특히 풋고추가 소담스럽게 달려 있었는데 하나같이 물컹거린다. 아까운 마음으로 저리다. 며칠 전 이웃 할머니들이 고구마순과 함께 풋고추를 따가겠다는 것을 며칠 후에 연락하겠다고 약속했는데 그것을 지키지 못하게 되고 말았다. 할머니들을 보기가 민망스러워졌다. 가지밭에 달린 꼬맹이 가지가 받침대 속으로 기어들어 애처롭다. 사실은 내가 먼저 고구마순과 풋고추도 적당한 양을 따고 난 후 할머니들에게 연락할 생각이 빗나가고 말았다. 대자연의 호령 앞에 내가 욕심이 많은 것 같다.

어릴 적 즐겨 먹던 반찬으로 잎사귀 나물을 좋아한다. 엄마는 서리 오기 전 고춧대를 통째로 손으로 훑어 모았다. 마루에 수북이 쌓아 두고 밤을 새워 가며 고추도 몇 가지로 분류하되 큰 고추는 된장에 묻어 두고, 애기 고추는 밀가루에 무쳐 쪄서 말리고 잎은 삶아 말려 두었다가 겨우내 묵나물로 쓰셨다. 된장 넣고 조미료 없이 손으로 주물러 무쳐주신 나물이 어찌 그렇게 맛이 있는지 자주 즐겼다. 묵나물 중 무청 시래기 중심이다. 찬바람에 얼고 녹기를 한철 하고 나면 부드러운 최고의 나물이다. 큰 양푼에 묵나물에 듬뿍 넣고 보리밥을 비벼주시면 우리 4형제가 숟가락을 부딪치며 먹던 그 맛을 잊을 수 없다. 텃밭에 가을이 되면 엄마 생각하며 풋잎사귀 하나도 버리지 않으려 애쓴다. 물론 엄마 손맛처럼 맛있는 나물은 한 번도 먹어 보지 못했지만 마음은 엄마가 그리움과 동시

옛 맛이 그리워 잎을 버리지 않고 끝까지 기다리는데 이번에는 처음부터 실망을 맛보고 말았다.

날씨는 나를 기다려 주지 않았다. 모질게 텃밭을 짓밟아 버렸다. 사실 호박도 열매보다 잎을 쪄 된장에 삶으로 먹는 맛이 더 크다. 올해도 몇 번 더 먹을 심산이었지만 그 꿈은 산산조각이 나고 말았다. 매일 텃밭을 돌아보며 조롱조롱 맺혀 있는 아이 호박 열매들을 따기가 망설여졌다. 며칠 만 더 있으면 좀 더 커져 그 아기의 꿈이 이루어질 텐데 하는 기대감에 손을 대기가 어려웠다. 적어도 절기로 상강霜降은 지날 수 있겠지 하는 막연한 기대 속에서 엄청난 실망을 맛보게 되고 말았다. 사실 절기가 기후 온난화로 맞지 않고 있지만 수천 년 내려오면서 통계적으로 만들어 둔 절기인데 하는 기대는 퇴색되어 간다. 자연도 너무 인간에게 시달려 화가 난 모양이다.

일기예보는 어째서 경고를 하지 않았는지 모르겠다. 혹시 내가 뉴스를 좋아하지 않으니까 못 보았는지 모르겠다. 요즈음 코로나 발생 보고처럼 대국민 경고를 했다면 누가 모를 수 있을까? 내가 알기로는 우리나라 기후 탐지 시스템은 세계 최고의 수준으로 알고 있다. 주위를 돌아보면 농사짓고 사는 많은 전문 농사꾼도 올해는 추수를 못 한 채이다. 이럴 때 잘 알리고 선도하는 것이 정부의 몫이 아닌가. 코로나 감염 보고는 모든 것을 중단시키고 메시지가 뜬다. 때로는 짜증스럽다. 이번 된서리 예보가 없음으로 입은 손해는 돈으로 따질 수 없는 엄청난 국가적인 손해일 것이다.

이제 모든 것을 접고 내년을 기다려야 한다. 게을러 미루기를 잘하는 성격에 철퇴를 맞은 듯 뒷골이 얼얼하다. 강남 간 제비가 돌아오는 날을 기다려야겠다. 우리는 선거철에 접어들었다. 전자제품은 "순간의 선택이 10년을 좌우한다."고 하지만 우리들의 지금 선택은 100년 갈 수도 있다. 백척간두에 서 있는 우리들의 운명이다. 어쩌면 다시 돌아올 수 없는 길로 들어선다는 생각에 전율이 느껴진다. 서북 세력을 등에 업고 보편적인 수신제가 수준도 안 된 자가 치국을 하겠다니 소가 들어도 웃을 일이다. 불의에 대한 분노는 주권자의 의무이자 특권이다. 국민들에게 국민이 낸 혈세를 자기 쌈짓돈처럼 몇 푼 집어 주고 가.붕.개로 보는 자들에 대해 분노가 폭발하면 선거는 절대적인 선택이 될 수 있다. 옛말에 아낙네 분노의 독설은 오뉴월에도 서리가 온다고 했다. 분노한 사람이 한둘이겠는가? 어쩌면 수천만이 될 수도 있다고 본다. 음모를 획책하는 그들의 머리에 된서리가 퍼붓는 날 호박 넝쿨처럼 지상에서 사라질 것이다. 매년 엄마의 손맛이 그리워 재료를 준비는 하고 기다렸지만, 올해는 설마 하다 된서리에 재료 준비조차도 못하고 지나가 버렸다. 미리 준비 못한 어리석은 나는 말라버린 텃밭을 내다보며 세월을 탓하고 있다. 모두 입술을 깨무는 반성과 각오가 이 땅에 사는 모두에게 필요하다. 된서리를 바라보며 절실하게 느끼고 있다.

박옥임

나무의 시린 발등, 작은 벌레들, 풀뿌리를 따뜻이 감싸며
얼지 않게 품어 주는 낙엽들을 바라보며

시

흑
사람
염원
순응하다
그리움 II

약력

계간 『문파』 시 부문 등단 (2012). 한국문인협회, 용인문인협회, 문파문학회, 시계문학회 회원. 저서 : 시집 『문득』, 공저 『그랬으면 좋겠다』 『꽃들의 수다』 『그냥 그렇게』 『물들다』 외 다수.

흑黑

아득하게 깊은 낭떠러지
내 안에 자리하고
근심과 절망으로 고인
가슴의 무게

어둠에 갇혀
마른 땀 흘리며
가쁜 호흡에만 귀 기울인다

나를 놓고 있다

사람

서늘한 바람 앞에서
사람을 만나고 싶다
서로를 마주 보며
이 마음이 그 마음임을
눈으로 말하고 있는 그런 사람

잃어버린 꿈
사라진 시간
아쉽고 아플지라도
떨어 버리었노라
그럴 수밖에 없었노라고
끄덕여주는 그런 사람
만나고 싶다

염원

시간은 바람처럼 날리는데
설마라는 안일함이
불러올 그 뒷모습

빛이 멀어지며
바람의 온도 떨어지고
청청했던 날들
바스스 사라져 가지만
작은 불씨라도 키워야 할 시간

생각들을 모아
마음을 모아
열정을 모아
불쏘시개 되어 타올라야 할 시간

하나가 둘,
둘이 넷, 여덟……
한곳을 바라보며 활활
하늘 끝 닿으리니

순응하다

초겨울 비가 쏟아진다
땅까지 닿으려던 구름이 터져버렸다
맨몸으로 서 있던 나무들
순식간에 푹 젖는다

가는 현 같은 가지 끝 잎사귀
떨어질까 온 힘으로 매달려 있다
찬바람 한 번 툭 건드리니
젖은 낙엽들 위로 떨어져 버렸다

다시 갈 수 없는 먼 가지 끝
조용히 흙 속으로 파고들어
바람의 소식 기다리며
긴 잠에 든다

그리움 II

바람이
초록을 머금고
가슴으로
밀고 들어와
출렁이는 그리움

숨
멈출 것 같다

이홍수

다채로운 가을 빛이 눈부십니다.

머지않아 하얀 눈도 내리겠지요….

수필

명동을 추억하다

일요일, 발코니 음악회

홍시

약력

경북 김천 출생. 동국대학교 국문학과 졸업, 중등학교 교사 역임. 계간 『문파』 수필 부문 등단. 한국 문인협회, 동국문학인회, 용인문인협회, 여성문학인회 회원.
수상 : 시계문학상 수상. 저서 : 수필집 『소중한 나날』, 공저 『그래 너는 오늘도 예쁘다』 외 다수.

명동을 추억하다

유월 첫 번째 월요일이었다. 몇 년 만에 긴요한 볼일로 명동을 찾게 되었다. 언제나 사람들이 북적거리고 생동감이 넘쳐나던 명동이 아니었다. 거리는 한산하고 중심 상가 1층에는 군데군데 텅 빈 점포에 '임대문의'라는 전단이 붙어있었다. 골목길에 접어들자 상가 건물들이 통째로 비어있는 모습들은 스산한 기운마저 감돌았다. 몇 차례 뉴스를 통해 짐작은 하고 있었지만 막상 너무나 썰렁하고 생소한 분위기를 맞닥뜨리는 순간 큰 충격으로 다가왔다. 나도 모르게 멍하니 발걸음을 멈추고 항상 추억 속에 머물던 명동이 떠올랐다.

까마득한 60년대 중반이었다. 필동에 위치한 학교에서 강의가 일찍 끝나는 날은 가끔 친구들과 함께 이야기꽃을 피우며 퇴계로와 충무로를 걸어서 명동에 들렀다. 우리나라 문화와 유행의 1번지답게 유네스코 회관을 비롯해 백화점, 국립극장, 의상실, 양화점, 음식점, 다방, 서점, 등 각종 문화가 집결되어 있었다. 갓 지방에서 올라온 신입생 때는 보이는 곳마다 황홀하고 호기심이 가득한 거리를 두리번거리며 걸었다. 오래전부터 문화 예술인들의 거리로 알려진 이곳을 그들은 왜 그토록 사랑했는지 발자취를 더듬어 보기도 했다. 차츰 이곳을 거쳐 간 문화 예술인들의 다양한 작품들을 하나씩 접하며 나름대로 미래의 꿈을 키우기 시작했다. 그 무렵 명동은 참혹한 전쟁의 상흔을 딛고 늘 새로운 모습으로 우리들의 마음에 희망과 활력을 불어넣는 장소였다. 친구들과 골목골목을 누비다 명동 입구 정류장에 다다르면 각자 아쉽게 헤어지던 풋풋한 옛 모습이 어제처럼 떠오른다.

오월의 싱그러움이 교정에 은은히 퍼질 때였다. 아직도 신입생 티가 가시지 않은 외로운 마음은 서울 친구보다 어쩔 수 없이 같은 지방 친구들끼리 소통하며 지냈다. 하루는 한 친구가 구두를 사려고 우리를 명동 양화점으로 데려갔다. 친구는 이 구두 저 구두를 신어보고 우리에게 조언을 구했다. 우리는 무심코 사투리로 한 마디씩 의견을 주고받다가 구둣주걱을 들고 신기한 눈으로 바라보고 서 있는 남자 직원과 눈이 마주쳤다. 갑자기 부끄럽고 민망한 마음에 얼른 양화점을 나가자고 서로 신호를 했다. 그 남자 직원은 구두는 안 사도 좋으니 제발 사투리로 이야기를 좀 더 해볼 수 없겠냐고 우리를 붙들었다. 그때부터 우리는 경상도 사투리로 마음 놓고 대화를 나누며 구두를 구입했던 장면을 떠올리면 지금도 입가에 미소가 번진다.

서투른 서울 생활에 우여곡절을 거치며 차츰 시간이 흘렀다. 한 학년씩 올라갈수록 그동안 가난한 대학 생활에 겉으로만 바라보던 명동의 환경들을 하나씩 체험할 수 있는 여건이 돌아왔다. 수업을 마치고 오후부터 명동 '은하수' 음악 다방에서 DJ로 아르바이트를 하는 야무진 친구가 있었다. 다방에 들어서면 신청할 여가도 없이 평소 우리가 좋아하는 음악을 틀어주는 배려에 때때로 음악 감상에 푹 빠지는 즐거움도 있었다. 어쩌다 지인의 주선으로 국립 극장에서 공연되는 음악회와 연극을 관람하고 벅찬 감동을 주체할 수 없었던 젊은 날이 떠오른다. 교생 실습을 하던 여름, 친구들과 'OB's 캐빈'에서 조영남의 라이브 음악을 듣고 흥을 돋우며 앙코르를 외치던 기억이 새롭다. 12월 크리스마스 캐럴이 울려 퍼지는 명동거리를 가득 메운 인파에 떠밀리며 문예서림을 찾아 친구에게 선물할 시집을 구매하는 즐거움도 있었다. 그 시절 명동은 우리들의 아쉬움을 다양하게 채워줄 수 있는 꿈과 낭만의 거리였다.

"지금 그 사람 이름은 잊었지만/ 그 눈동자 입술은/ 내 가슴에 있네// 바람이 불고/ 비가 올 때도/ 나는 저 유리창 밖/ 가로등 그늘의 밤을 잊지 못하지// 사랑은 가고/ 과거는 남는 것" 오늘은 명동의 뒷골목 한 목로 주점에서 탄생했다는 박인환의 「세월이 가면」이라는 시가 문득 떠오른다. 무심한 시간은 흘러 다정했던 친구도 사랑했던 사람도 훌훌 떠난 낯선 거리에 이방인처럼 갈 곳을 잃고 홀로 서 있다. 젊은 날 우리들의 우정과 사랑이 깃든 결코 잊지 못할 추억의 공간을 애틋한 마음으로 돌아본다. 숱한 역사와 문화가 녹아 있는 명동이 추억 속의 예전 모습으로 하루빨리 다시 태어나기를 마음을 다해 기도하고 싶다.

일요일, 발코니 음악회

일요일이다. 모든 일을 제치고 미사 참여를 제일 우선순위로 하는 날이다. 얼마 전부터 우리 아파트 건너편 단지를 거쳐 성당으로 가는 가까운 샛길이 생겼다. 요즘은 자동차를 이용하지 않고 구역 교우들과 함께 아파트 단지에 새로 난 길을 걸어서 교중 미사에 참석한다. 오늘 복음에서 믿음은 세상에 어떤 씨앗보다 작지만 성장하고 나면 어떤 풀보다 크고 큰 가지를 뻗는 겨자씨에 비유하셨다. 보잘것없는 작은 믿음을 늘 부끄럽게 생각한 마음에 용기와 희망을 주신 말씀을 깊이 묵상하며 돌아왔다. 집에 도착하자 땀을 식히느라 창문을 열었다. 마침 우리 동 맞은편 야외에서 '발코니 음악회' 단원들이 악기를 조율하고 리허설 하는 모습이 보였다.

언젠가 엘리베이터 벽면에 용인 코로나 극복 프로젝트인 '발코니 음악회' 홍보 전단지가 붙어있었다. 새로운 내용을 보고 호기심과 기대를 하면서도 정확한 날짜를 기억하지 못하고 있었다. 오케스트라의 시연을 듣는 순간 오늘임을 확인하고 마음을 가다듬고 음악회 감상을 준비했다. 집집마다 창문을 열고 발코니에서 오케스트라의 연주를 기다리고 있었다. 드디어 웨스턴심포니오케스트라의 소규모 기악 앙상블(13명 내외) 단원들과 상임 지휘자님의 인사와 함께 음악회가 시작되었다. 일요일이라 많은 사람이 실외에서도 거리를 두고 마스크를 착용하고 오케스트라 연주를 감상하는 모습이 보였다. 비제의 〈카르멘-서곡〉, 동요 〈고향의 봄〉,

조정석의 〈아로하〉, 애니메이션 겨울왕국의 OST 〈렛 잇 고〉 등 클래식을 비롯하여 다양한 장르의 대중적이고 친근한 10여 곡을 선곡해 연주했다. 한 곡 한 곡이 끝날 때마다 주민들은 아파트가 떠나갈 듯이 환호하며 '발코니 음악회'에 뜨거운 격려의 박수로 화답했다.

용인문화재단이 '코로나 19'로 인해 위축된 공연 단체의 문화예술 활동을 지원하고 시민들에게 잠시나마 위로의 시간으로 마련한 색다른 음악회다. 연주 진행 중간중간에 방성호 지휘자의 재치 있는 말솜씨는 공연의 이해와 관람의 흥미를 한층 높여주었다. 가까운 이웃들과 함께 아무런 격식 없이 집에서 편한 마음으로 공연에 집중할 수 있는 분위기는 실내 공연장에서는 느껴볼 수 없었던 또 다른 소중한 경험이었다. 한여름 오후 30도를 웃도는 더위를 무릅쓰고 야외에서 전 단원이 마스크를 착용하고 들려주는 아름다운 선율은 깊은 감동의 물결로 다가왔다. 1시간가량의 연주가 끝나자 주민들은 아쉬운 마음에 염치 불고하고 모두 앙코르를 외쳤다. 감사하게도 유산슬의 〈합정역 5번 출구〉를 비롯해 대중적인 몇 곡을 연주하는 동안 주민들은 일요일 오후 꿈처럼 행복한 시간을 가질 수 있었다.

여느 때처럼 가족들과 마음 놓고 외출도 할 수 없는 무료한 일요일이다. 선물처럼 찾아온 음악회는 지친 사람들에게 많은 위안과 활력을 불어넣어 주었다. 코로나19의 급속한 확산으로 온 세계가 고통받고 있을 때였다. 이탈리아에서 문화 예술인들이 '발코니 음악회'로 시민들에게 격려와 위로를 하는 장면을 뉴스를 통해 부러운 눈으로 바라본 적이 있었다. 이번 용인문화재단의 참신한 기획은 이탈리아 문화예술에 못지않은 성과로 가는 곳마다 시민들의 뜨거운 호응을 얻고 있다. 찾아가는 음악회는 아파트의 야외 공간이 콘서트장으로 변신하는 아직 우리에게는 생소하고 신선한 발상이다. 앞으로도 '발코니 음악회'가 활발하게 진행되어 문화예술인들의 활동 영역을 넓히고 날로 각박해지는 현실에 시민들의 정서 순화에도 많은 도움이 되었으면 하는 바람이다.

홍시

이웃집에 사는 형님이 고향에서 보내온 빨갛고 투명하게 잘 익은 홍시를 가져왔다. 워낙 감을 좋아해 올해 단감은 몇 번씩 사 먹었지만 홍시는 아직 생각을 못 하고 있었다. 함지박에 가득 담긴 탐스러운 홍시를 보며 지금쯤 가을걷이가 끝난 쓸쓸하고 조용한 시골 마을이 떠오른다. 파란 가을 하늘 아래 잎이 다 떨어진 앙상한 나무 우듬지에는 빨간 까치밥이 몇 개 매달려 있다. 늦가을 감나무 가지 위에는 까치들이 신나게 짹짹거리며 홍시를 쪼아 먹고 있을 정다운 풍경이 눈앞에 한 폭의 그림처럼 펼쳐진다.

외가에서 자랄 때다. 밤이 일찍 찾아오고 마땅히 즐길 수 있는 놀이가 없는 시골의 겨울밤은 유난히 길었다. 사방이 칠흑같이 캄캄한 밤 초롱불을 밝히고 외할머니 등에 업혀 간식거리를 찾아 광문을 열면 훅 스치던 흙냄새가 아직도 기억 속에 생생하다. 광 안에 있는 여러 가지 겨울 준비물 중 큰 장독 뚜껑을 열고 흙 속에 묻어둔 알밤을 먼저 바구니에 넣는다. 다른 장독 속에서는 볏짚을 깔고 차곡차곡 쌓아 둔 홍시를 조심스럽게 담아 나온다. 밤은 화롯불에 익혀 군밤을 만든다. 화롯가에 둘러앉아 군밤과 함께 달콤한 홍시를 먹으며 긴 겨울밤을 훈훈하게 보내던 때가 지금도 아련한 그리움으로 남아 있다.

개구쟁이처럼 심술궂고 변덕스러운 초봄이 지나면 포근한 오월이 온다. 동네에는 여기저기 예쁜 꽃들의 잔치가 시작되고 아카시아 향기가 바람결에 은은히 퍼진다. 오월이 무르익으면 감나무에도 넓은 초록 이파리 사이로 작고 앙증맞은 감꽃이 항아리 모양으로 매달린다. 어느새 벌들이 향기를 찾아 부지런히 들락거리고 연노랑 색을 띤 감꽃이 활짝 피면 아쉽게도 하루 이틀 만에 땅에 떨어진다. 동네 아이들은 너도나도 감나무 밑으로 모인다. 감꽃을 주워 기다란 풀에 꿰어 목걸이와 팔찌를 만들어 놀았다. 하와이 사람들의 꽃목걸이처럼 화려하지는 않아도 한참을 목에 걸고 다니다 입이 궁금하면, 약간 떫으면서 달큼한 맛이 나는 감꽃을 곧잘 빼먹을 수도 있어서 좋았다.

감꽃이 떨어진 자리에 맺힌 열매는 한여름 살을 델 것 같은 뙤약볕과 느닷없는 소낙비와, 지루한 장마를 묵묵히 견디며 단단하고 풋풋한 땡감으로 자란다. 떫은맛으로 먹을 수도 없고 혹시 한입 깨물다 감물이 옷에 묻으면 쉽게 지워지지 않는 흔적이 남는다. 가까이하기엔 여러 가지로 부담스럽던 풋감은 여름을 지나면서 몇 차례의 힘겨운 태풍을 맨몸으로 견디고, 늦가을 따가운 햇살에 조금씩 발그레하게 물이 들기 시작한다. 찬바람과 서리를 맞은 후에야 서서히 익어 하나둘씩 잎까지 다 떨군 빈 가지에 꽃처럼 빨갛게 매달린다. 긴 고난의 시간을 거치면서 서서히 단단하고 떫은맛을 버리고 달콤하고 부드러운 몸으로 완성된 홍시는, 등불처럼 환하게 거듭나는 자연의 신비한 선물이다.

해마다 이맘때면 무심히 맛보던 홍시를 보고 올해는 새삼스럽게 많은 생각을 하게 된다. 까맣게 잊고 있던 지나간 시간의 마음 따뜻한 추억들도 하나씩 떠올려 보았다. 떫고 단단한 몸을 온갖 풍상을 겪으며 부드럽고 달달한 맛으로 익혀낸 인내심과 자신을 송두리째 내어주는 사랑을 생각하며 잠시 나를 돌아보게 된다. 수많은 시간이 흘러 크고 작은 어려움을 겪었음에도 아직도 온전히 익지 않고 떫은맛도 채 가시지 않은 부끄러운 내 모습을 본다. 사람도 늙어가는 것이 아니라 조금씩 익어간다는 대중가요 가사가 얼핏 생각난다. 남은 날 동안 마음 밭을 더 열심히 가꾸려고 노력하면 홍시같이 잘 익어 완성된 맛과 온전한 사랑을 실천할 수 있을까? 하루하루 인고의 시간을 견디고 변화시켜 사람들에게 달콤한 홍시처럼 기억될 수 있었으면 좋겠다.

김복순

상자 속 우리에 갇혀
자연의 사계절 풍경화 그릴 수 없는데
시는
뚜껑을 열고 상상 속 세계를 달려가게 한다.

시

장밋빛 사랑
스피커 높은 울림으로 인해
당신의 뿜어내는 입김
길을 나선다
황혼이 깃든 시간

약력

원주 출생. 계간 『문파』 시 부문 등단. 문파문학회, 시계문학회 회원. 저서 : 공저 『가을 햇살 폭포처럼 쏟아지는데』 외 다수.

장밋빛 사랑

한 권 한 권 쌓아 올려도
행여 부족함이 없을까
이리 보고 조리 보며
알뜰살뜰 살펴주는 너
작은 꽃 한 송이 건네준 나에게
샘솟듯 채워주는 너
가을 풍년 알알이 맺힌 노랑 벼 이삭
꺼풀 벗겨내고 하얀 햅쌀밥 지어
고봉밥 사발 허기진 배 채워주는 너
끝없는 온정
몸 둘 바 몰라 조아리네

스피커 높은 울림으로 인해

아파 하소연해도
그들에게는 가벼이 여기며 지나치지만
그에게는 얼마나 소중한 시간이었나
내가 가고자 하는 길 다다른 곳은
언제나 기쁨의 눈물비 내리고
모난 인생 다듬어 주고 마음을 가볍게 해주는 곳이기에
그토록 사모하며 가려 했던 것이었는데
어느 날엔가부터 마음 울림 아닌
귀를 울림으로 놀란 가슴 쓸어내리며 돌아서야만 했다
맘 아파하며 방황은 시작되었고
어찌할 바 몰라 하며 아무 것도 할 수 없었다
속내 감추고 웃으며 활기찬 모습으로 지내야만 하는 것이
힘겨운 나날이었다 하늘 향해 눈물로 호소하며 지내왔다
새 삶으로 열매 맺으며 살고 싶었는데
꿈과 소망을 안겨주며 용기를 얻게 되는 그곳 되돌아갈 수 없을까
다시금 한발 한발 내딛으며 기대하며 갔다가 실망하고 돌아선 발걸음
얼마나 시간이 흘렀을까
조금씩 조금씩 변화 속에
그토록 가고자 하던 그곳 갈 수 있었다

내가 있을 곳 말없이 지켜주시는 그분만이 아시리

난 기다리며 마음 이끌어 주시는 대로 가리라

내가 내가 앞서지 않으리

그분의 도움 간청하며 오늘도 길을 나선다

당신의 뿜어내는 입김

귀고리 잠금 해도 들린다

눈 멀뚱멀뚱 생각에 잠긴다

벽에 걸린 시계 동그란 눈 크게 뜨고
똑딱똑딱
댕땡 잠들려 한다
껌뻑껌뻑
비몽사몽 솔잎이 덮인다

꿈길 따라간다

어디선가 들려오는 은은한 종소리에
접힌 귀 부리 세우고 꿈틀꿈틀
이불 속에서 나온다

한숨 소리 잦아들고 고요한 새벽
깨여 불똥이 튀일라
살금살금

찬 이슬 헤치고 맘밭 화꽃 심어 놓은 것
뽑아내고 함박꽃 심고 온다

아침상 마주 앉아 밥 한 수저 두 수저
입안에서 술술 넘어간다
된장국, 물 한 모금 밥 사발 뚝딱
냉한 찬바람 정적이 흐르다가
훈훈한 온기가 돈다
서서히 멜로디가 울린다

길을 나선다

까만 선글라스

사각 귀걸이 달고 버스에 오른다

안내방송 당부 또 당부의 울림

휴

한숨이 나온다

갈 길은 멀기만 한데

언제 봄나들이해 보려나

공공장소마다

카메라맨 형광 상자 속 열체크

필기도구로

찍고 찍고 들어가는 시간

언제 자유로워질까

한 줄 한 줄 실주름

회한에 눈물샘이 서린다

황혼이 깃든 시간

하늘의 뜻 품어

뿌린 씨앗 담아 전해진 맘

감동의 진한 눈물

귓가에 울림

울릴 때마다 가슴에 스며 양손을 모아

감사의 꽃을 심는다

부러움 놀라움 시간이다

다정한 입김은

날 일깨우고

생사의 기로에서 건져진 생명

삶의 목표는

용기가 솟는다

아니야

'안 된다'가 아닌

사죄하며 미움을 용서로 씻어

사랑으로 결실을 맺어

웃으며 살자

다짐하는 시간이다

정선이(박정희)

불어온 매서운 바람에
한 계절 건너
겨울인가 했더니
다시 돌아와
나뭇잎들을
물들이고 있는
가을 한가운데 서서
작은 나를 생각합니다

수필

젊은 날의 추억을 나누며
코로나 세상

약력

전북 전주 출생. 계간 『문파』 수필 부문 등단. 한국문인협회, 국제PEN한국본부, 문파문학회, 시계문학회 회원. 저서 : 공저 『기연』 『그래 너는 오늘도 예쁘다』 외 다수.

젊은 날의 추억을 나누며

아프리카에서 봉사활동을 하고 있는 J의 귀국과 함께 오랫동안 만나지 못했던 친구들의 모임을 약속한 것은 가로수 잎들이 노랗게 물들어 가고 있는 지난 가을이었다. 성씨만 다를 뿐 이름도 같고 키도 비슷한 J와는 두 정희라고 불러주는 선생님들과 친구들부터 사랑과 관심 가운데 여고 시절을 보냈던 사이였다.

고향을 떠나 대학에 진학한 후에도 서로의 안부를 확인하며 지내고 있던 J와 마지막 만남은 지방에 있는 약학 대학 교수로 임명을 받았다는 소식을 알려온 그녀와 차 한 잔을 나누던 날이었다. 그렇게 헤어진 그녀가 약학대 학장직을 내려놓고 소록도로 내려가 10여 년을 봉사하던 그곳을 떠나 아프리카에 머물며 교육과 의료봉사를 하고 있다는 소식을 알려준 것은 원불교 신자인 친구들에게서였다. 오랜 시간 소식을 나누지 못하고 지내다가 〈KBS 아침마당〉 출연을 위하여 귀국한 그녀로부터 전화를 받은 것은 몇 년 전이었다. 아쉬움이 남는 안부 통화만 나누었을 뿐이었기에 소식을 전하여 준 H와 함께 그녀를 만나고 싶은 마음에 서둘러 약속한 장소로 향하는 발걸음이다.

하얀 저고리와 검정 치마를 입은 넉넉한 미소의 J와 수십 년 만의 만남이다. 만나지 못했던 긴 시간 동안의 안부를 묻던 그녀가 가방을 뒤적거리더니 "정희야! 네 모습이 있는" 하며 빛바랜 사진 한 장을 꺼내 보인다. 깊숙한 곳에 간직하고 있던 낯이 익은 얼굴이 있는 사진을 찾아내어 들고 온 그녀에게 내가 먼저 연락하지 않았음에 미안함으로 말을 잊고 있으려니 미국인과 결혼하여 오랫동안 한국을 떠나있던 M이 조금 후에 도착한다는 전화다. 아산 재단에서 주는 의료봉사상을 받기 위하여 귀국한 J의 소식을 듣고 옛 친구들과 함께 휴가를 보내기 위하여 때맞추어 귀국한 M, 그리고 우리 모두는 여고 2학년 때 잊지 못할 추억의 밤을 함께한 친구들이다.

학생들에게 극장 출입도 자유롭지 못하고 제과점에서 여학생과 남학생이 만나는 것도 금기시하던 시절에 이웃 남학교 3학년생들과 함께 하였던 크리스마스이브의 추억이다. 부모님께 거짓말을 하고 약속한 장소에 모인 우리들이 향하는 곳은 모임에 함께 하고 있는 친구의 사촌이 예약하였다는 제법 커다란 크리스마스트리가 있는 제과점이었다. 오락부장이라는 남학생의 소개로 어색하고 쑥스러운 인사가 끝나고 장기자랑으로 이어지며 차례에 따라 〈화이트 크리스마스〉를 연주한 밴드 마스터의 멋진 트럼펫 소리에 앙코르encore를 외치고 있을 무렵이었다. 누구인가 "훈육 선생님이다" 하고 부르짖는 소리에 모든 것을 중단하고 가까이 위치하고 있는 교회의 뒷동산에 올라 눈을 맞으며 통금이 해제되기를 기다리고 있다가 귀가한 우리들만의 이야기이다.

"훈육 선생님이다"라고 외친 사람은 제과점 주인이었다는 것과 함께 추억의 이야기가 시작된 것은 남편과 사별하고 홀로 지내고 있는 H의 집에서였다. 친구들과 마지막 날을 보내는 저녁 시간이다. 고향을 떠나 멀리 있었던 친구들을 위하여 팥죽을 준비하고 있는 그녀 곁에서 우리들이 나누던 화제의 중심은 50년이 훌쩍 지난 크리스마스이브였다. 한참

유행하던 냇 킹 콜Nat King Cole의 〈Too Young〉을 불렀던 학생의 이름과 아직도 귓전을 울리고 있는 트럼펫 소리며 통금이 해제되기를 기다려 몇 분의 선생님 댁을 찾아 새벽 송을 불렀던 일들의 추억이다. 아름다웠던 젊은 날의 추억을 나누며 구도자의 길도 삶의 무거운 짐도 잠시 내려놓은 우리들은 또 하나의 추억을 만들며 다음날을 약속한다.

코로나 세상

작년 봄에 계획하였다가 항공기 결항으로 미루게 된 미국 여행을 출발하게 된 것은 지난 8월이었다. 새집으로 이사한 큰아들네를 방문하기 위하여 부부가 10년 만에 함께 떠나려던 여행이었다. 항공기 일정까지도 좌지우지하고 있는 코로나가 여름이면 잠잠하여진다는 소식에 부부가 함께하려던 계획을 포기하고 서둘러 혼자 떠나게 된 것은 귀국한 후 의무사항 2주간의 격리 때문이었다. 격리가 부담스러운 남편과 많은 논쟁을 하였지만 끝내 의견의 일치점을 찾지 못하고 코로나 세상 가운데 홀로 떠나는 여행이다.

사람을 가리지 않고 공격하는 바이러스를 조심하고 다녀오라는 친지들의 진심 어린 당부를 가슴에 담고 도착한 인천국제공항은 활기가 넘치던 예년의 모습이 아니었다. 휴가철 성수기인 8월 초인데 예약 확인을 위하여 각 항공사 앞에 줄을 지어 기다리고 있는 십여 명의 여행객들과 군데군데 벤치에 앉아 담소를 나누고 있는 몇십 명의 사람들이 보일 뿐이었다. 수많은 여행객으로 붐비던 국제공항을 0.5 마이크로미터(μm)의 크기인 세균보다도 작은 바이러스가 일주일에 몇 대의 항공기만이 이착륙하는 한적한 도시에 위치한 공항의 모습으로 바꾸어 놓은 것이다. 평시와는 다르게 휴대한 마스크 숫자와 사용할 곳을 묻는 것이 대부분인 출국 보안 검사대를 통과하고 들어선 면세점 거리는 가게 문을 열어 놓은 두서너 곳의 네온사인이 가로등인 양 어둠을 밝히고 있을 뿐이었다.

오래전부터 사람들의 왕래가 끊긴 도시처럼 정적이 흐르고 있는 거리의 가운데 자그마한 불을 켜놓고 간단한 음식과 음료를 파는 좌판대가 보였다. 반가운 마음에 기웃거려 보지만 거리에 흐르고 있는 어두운 분위기 탓인지 음식을 주문하고 싶은 생각이 나지를 않는다. 코로나의 위력을 실감하며 비행기에 오르니 방호복을 입은 승무원들이 험난한 여행을 떠났던 친지가 돌아온 듯이 밝은 미소로 반기고 있다. 안내받은 좌석은 예년과는 다르게 한 좌석씩 건너 널찍하게 배치되어 있었다. 기내에서 제공하는 음료와 식사를 하고 여행 준비를 위하여 분주하게 움직이며 쌓였던 피로도 풀 겸 다리를 편하게 하고 눈을 붙였으나 쓸쓸한 출국장이며 어둠에 눌려있는 면세점 거리가 필름처럼 돌아가며 잠을 몰아내고 있다.

잠자는 것을 포기하고 비행기 안에 15시간을 머물러야 하는 장거리 여행을 위하여 준비한 미국의 스릴러 작가, 딘 쿤츠Dean R. Koonz의 장편소설인 「어둠의 눈The eyes of darkness」을 읽기로 하였다. 21세기 인류의 일상을 흔들고 있는 코로나 바이러스를 40년 전에 예견하고 있는 놀라운 상상력에 'COVID 19'로 불리우는 신종 바이러스의 발생한 장소에 대하여 우한에 소재한 연구소와 연구소 부근의 장소를 두고 설왕설래說往說來할 무렵에 호기심으로 구입한 책이다. 이야기는 주인공인 티나 에번스가 일을 끝내고 귀가하는 길에 만나는 미스터리한 일들로 시작하고 있었다.

라스베이거스에서 대형 쇼의 공동 기획자로 일하고 있는 티나가 만나게 되는 초자연적인 현상 들은 일 년 전에 버스 사고로 사망한 아들, 데니가 구원을 요청하며 보내오는 메시지였다. 사고 현장에서 아들의 얼굴을 확인하지 못하였던 사실을 생각하며 죽지 않고 살아 있는 그가 보내는 신호라고 믿음을 가지게 되는 티나는 젊고 매력적인 쇼걸이었다. 현실에 안주하지 않고 대형 쇼의 공동 기획자가 되기까지 성실하고 도전적이었던 그녀답게 어느 곳에, 어떠한 위험 위험에 처해 있는지도 모르는 아들을 구조하기 위하여 떠나는 4일간의 여정이 진지하며 흥미롭게 펼쳐지고 있었다. 추리소설답게 정치적인 음모와 영웅들의 이야기를 서스펜스하고 스릴 넘치게 이끌다가 때로는 그녀의 여정에 함께하는 엘리엇과의 로맨틱한 분위기로 즐거움을 더하고 있는 글솜씨에 매료되어 잠시도 책에서 손을 놓을 수가 없는 시간이었다.

책을 덮으며 극한 상황 가운데서 믿음과 신뢰로 이어지고 있는 모자간의 사랑을 다시 한번 생각하는 동안, 비행기는 케네디 공항에 도착하고 있었다. 찬 바람이 부는 계절이 오면 기승을 부리게 되는 코로나가 인도의 캘커타Calcutta에서 발생한 팬데믹 콜레라처럼 한동안 인류와 머물게 될 거라는 소식에 팬데믹이 만연蔓衍한 세상 가운데 보고픈 가족만을 생각하며 떠나온 여행이다. 마중 나온 아들과 함께 한 시간여를 달려 뉴저지의 새집에 도착하니 "할머니!" 하며 달려 나오는 준우, 준영이 뒤로 아들의 카톡에 올라 있는 무궁화꽃도 반가운 듯이 얼굴을 내밀고 있다.

심웅석

어머니시여!

청산은 두고 구름만 가라 하세요.

시

서른 살 적에

그 강을 건너도

하느님의 징벌인가

수필

충청도 어투

주량이 얼마예요

약력

계간『문파』시 부문 등단 (2016). 한국문협회원. 서울의대 정형외과 졸업.
수상 : 제13회 문파문학상. 저서 : 시집『시집을 내다(용인시 창작지원금)』『달과 눈동자』『꽃피는 날에 (디카시집)』, 수필집『길위에 길』『친구를 찾아서』 기타 공저.

서른 살 적에

서른 살 적에는 눈물로 밥 말아 먹던 날들
생의 어둠 속에서 만난 운명에 붙잡혀
이렇게 살 수도 저렇게 죽을 수도 없었다.
눈 덮인 겨울 산의 울음소리만 가득했다

박차고 뛰어오른 용기는
하늘이 주신 은혜였다

바람이 분다, 잘 살아야겠다

그 강을 건너도

어머니, 지금 어디로 가십니까?
저를 자랑스럽게 키워주신 어머니
붉은 황토물이 흐르는 그 강을
양 떼 몰고 제발 건너지 마세요

수많은 양이 다치고
떠내려가고
익사溺死할 것입니다

갖은 고난苦難 끝에 건너도
한낮에는 앞산에서 꿩이 울고
보리밭 푸른 물결 위로 종달새 솟는
이 길을 결국 만날 것입니다

장부니를 따라 섬겼지요
우리 양 떼들은 다시
털을 깎아 팔면서

어머니시여!
이 길을 그대로 걷고 싶습니다
청산은 두고 구름만 가라 하세요

하느님의 징벌인가

출입구 문진표가 있어야 출입이 허락되는
모두 마스크를 쓰는 대학병원도 한산하다
항상 북적이던 G식당도 파리가 날고
상가는 쓸쓸하고 거리엔 바람만 펄럭인다

코로나 바이러스Corona Virus.
남을 배려하지 않고 비교하며 잘났다고
스스로 불행해지는 어리석은 인간들에게
하느님이 등불을 꺼버리셨나

인종人種의 종말이 오고 있나?
보통 사람일 뿐, 특별한 존재가 아니라고
더불어 사는 법을 배울 때까지.

기억하면, 시들던 태양도 일어서리라
우리의 여행은 짧다는 것을,
다음 정거장에서
내려야 할지도 모른다는 것을

충청도 어투語套

친구가 보내준 카톡을 열어보니 충청도 말투에 대한 내용이었다. 모 방송국 논설위원을 지낸 A라는 분이 낸 책 내용에 대한 대담이다. 중·고등학교 시절에 고향인 충청도 공주에서 농사일을 할 줄 모르는 아버지는 머슴을 두고 농사를 지었다. 이 머슴은 무슨 일을 시키면 '예, 아니요'를 확실하게 대답하지 않고, "야+" "야-"식으로 발음을 올리기도 하고 내리기도 하면 그만이었다. 그러겠다는 것인지 아니라는 뜻인지 알 수가 없어 무척 답답했다.

대담에서 A씨는, '예, 아니요'를 확실하게 하지 않는 충청도 말투를 '숙성된 말'이라 했다. 이런 말은 서로의 관계를 해치지 않고, 말로 실수를 하지 않는다는 것이다. 대답을 할 때 '괜찮유' '어지간 해유'라 하면 무슨 뜻인지 도통 짐작을 할 수 없으니 실수할 일이 없다고. '돌아가셨다'는 말을 '숟가락 놓았다'고 하는 말이 해학적이고 정겹다고 말한다. 남을 때릴 때도 웃고, 맞을 때도 웃으며 "때리느라 팔 아프겄슈"라는 충청도 말투는 친근감까지 들지 않느냐고. 그렇지만 선거 때 여론조사가 불가능하다는 충청도 말투를 과연 바람직하게만 볼 수 있을까?

판단력을 세우고 정의감에 불타던 고교시절에는 이런 충청도 말투를 스스로 미워하고 경멸까지 했다. '예, 아니요'를 확실하게 말하지 못하는 것은 비겁한 일이며, 남을 속이려는 마음이 있기 때문이라 생각했다. 고향 지방의 우유부단한 말투에 대하여 한동안 골똘히 생각해 본 적이 있다. 그때 속으로 내린 결론은, 삼국시대부터 내려오는 생존본능에서 찾았다. 끊임없이 영토 싸움을 하던 삼국시대에 충청도는 자고 나면 백제가 되고 신라가 되니, 아침에 일어나 잠결에 대답을 잘못하면 금방 목이 달아나는 시대를 살았던 것이다. 잠을 깨면서 상대를 관찰하고 어느 쪽인지 파악도 하고 나서 신중히 대답을 해야 되니, 확실하게 말할 수가 있겠는가 싶었다.

삼국시대로부터 내려와 습관이 된 언어라 이해하니 이미 유전자까지 변해 있을 듯하여 충청도 말투를 그렇게 미워하던 생각은 없어졌다. 그들의 성품은 우직하다는 것도 알았다. 서울에서 공부하면서 자신의 생각을 똑똑하고 알아듣기 쉬운 표준말로 표현하려고 노력해 왔다. 지금은 충청도 말씨에 서울 방식을 섞어 놓으니 생활하는 데 아무런 불편이 없다. 그럼에도 내 친구는 가끔 불평한다. 충청도 식으로 내가 의뭉하다고. 생각해 봐도 내 마음의 바탕에는 침묵沈默을 사랑할 뿐, 결코 누구에게 희미하게 얼버무릴 생각은 추호도 없다. 오히려 '일본의 버르장머리를 고쳐 놓겠다'고 외교적 실언을 했던, 모 대통령처럼 말실수를 하지 않을 것 같아 다행이라 여긴다.

외교관이나 사업가는 모호한 말을 해야 유리하다고 한다. '고려해 보겠다'하면 'No'라는 뜻인데 한국 사람들은 'Yes'로 받으면서 늘 손해를 보고 있다. 현대 사회에서는 확실한 말이 오히려 손해를 본다는 것이다. 그렇다면 충청도 말투가 제격이 아닌가. 충청도 말이 느리다고 하지만, 급할 때는 "개 혀?"하고 최첨단의 말도 할 수 있으니, 예측불허의 이 시대를 살아가기에는 아주 적합한 어투語套가 아닐까 싶다.

주량이 얼마예요

술과 담배는 인간의 대표적인 기호품이다. 주로 남자들의 기호품이지만 요즘은 여성들도 상당한 비율로(2016년 19세 이상 여성 음주율 44.5%) 즐기는 추세이다. 술 좋아하는 사람치고 악인은 없다고 한다. 술을 먹고 취기가 오르면, 세상이 돈짝만 해지고 모든 근심 걱정이 사라진다. 주량을 넘어 지나치게 취하면 주사가 나오는 수도 있지만, 적당히 마시면 마음이 바다가 된다. 술 마시던 추억을 뒤적여본다.

술을 마시기 시작한 것은 대학 본과 고학년senior 때 부터였다. 어려서는 사랑방에 아버지 친구분들이 오셔서 '청산-리 벽계수~ 야-' 시조를 읊으며 노실 때 술 심부름을 하면서, 어머니 곁에 있던 술지게미를 먹고 어지러웠던 기억이 있다. 중2, 휴학 시절에는 들에서 모심기하다 새참에 나오는 막걸리를 일꾼들이 권하는 대로 한 사발 마셔보던 일도 있다. 그들은 일도 장정만큼 하니 술도 마셔야 된다면서 권했다. 그뿐이었다. 선친과 달리 숙부님들은 술을 잘 못 하시더니 사촌들도 못 한다. 아마도 술에는 체질적 내력이 있는 듯하다.

대학 때에 원남동 로터리 대포 집에서 우리 동급생들 술 시합이 있었다. 여기서 단무지뿐인 안주로 Y는 막걸리 한 말 두 되, 내가 한 말 한 되, K가 한 말을 마시고 주당으로 등극했던 일이 있었다. 별다른 오락이 없던 시절에 이런 것도 낭만이라 생각했었다. 졸업 후에는 곧바로 군에 입대했다. 장교로 임관되어 나오면서 군의학교 동기인 J중위가 술 시합을

제안해 왔다. 만리동에 방바닥도 비스듬히 기울어진 술집에서 마주 앉아 소주를 마셨다. 11병을 마시고 그는 화장실에 나가더니 함흥차사가 되었다. 찾아보니 돌아오다 하수구에 빠졌다는 것이다. 후에 재도전 해왔다. 종로 2가 평화극장 근방에서 마시고, 2차로 근처 술집에 들어가면서 그는 또 넘어지며 그 술집의 쌀 대야를 엎어버리는 바람에 시합은 끝났다. 이것은 단순한 술 시합이 아니라 억압된 군의학교 훈련 생활에서 해방된 청춘의 찬가讚歌였다.

세월은 흘러 여기까지 왔는데, 추억은 언제나 옛날 그 자리에 머물러 있다. 사오십 대에는 술을 많이 마셨다. 친목 모임으로 서교동에 '동백회'가 있었다. 거기 멤버들은 술을 고래로 마셔댔다. 그 모임에 갔다 오면 술이 많이 취했기에, 아내는 그 모임에 가는 것을 꺼릴 정도였다. 1차 모임이 끝나면 가끔 2차를 가서 마시는데, 그리 잘 마신다는 O사장은 마시고 내려오다 계단에서 굴러버렸다. 한번은 주량이 세다는 젊은 C사장과 2차로 카페에 옮겨, 맥주와 조니워커를 섞어 폭탄주로 마셨다. 다섯째 잔에서 그는 슬그머니 삼십육계를 놓았다. 자연히 나는 주량이 제일 센 것으로 알려졌다. 막내인 C사장은 연말에 아내 차에 친절하게 선물을 실어주기도 했었다.

수술도 잘하고 주량도 세야 알아주던 시절이었다. 여기저기 단골 카페를 다니면서 혼술로 고독을 노래할 때, 술 마시고 보는 세상은 맨정신으로 보는 것보다 훨씬 아름다웠다. 여성들은 천성적으로 모성애를 간직한 듯, 외롭게 마시는 나그네에게 항상 따뜻한 마음을 보여주었다. 일생 마셔댄 술값을 헤아려 보면 적지 않은 재산이 될 터이지만 조금도 아깝다는 생각은 없다. 오히려 내 인생을 가슴 후련하게, 총천연색으로 색칠해

준 사실에 감사한다. 만약 앞만 보며 착실하게 살았더라면, 저쪽에 숨어 있는 세상의 재미있는 뒷모습을 보지 못하였으리라.

술을 마시면서 다양한 사람들도 사귀게 되었다. 옛날에는 '술친구는 친구가 아니다'라면서 진정한 친구와 구별했었다. 하지만 21세기를 살아가면서, 생명을 바꾸고 재산을 나눌 수 있는 옛날식 '진정한 친구'가 있을까? 타인에게 무관심하게 살아가는 사회에서, 만나서 반갑고 마음 터놓고 이야기 할 수 있는, 간격 없는 친구면 되지 않을까. 술만 마시는 술친구가 아니라, 술도 적당히 마시고 즐겁게 소통하고 따뜻하게 헤아려 주는 사이면 좋은 친구일 것이다.

술을 그렇게 마시면서도 건강을 유지한 것은, '술은 항상 안주를 갖추어 먹어라'는 경고를 지킨 덕이 아닌가 생각한다. 지난 세월에 함께 술 마시던 동기생 Y교수 K원장도, O사장 C사장도 지금은 모두 하늘나라로 가고 없다. 더불어 지내던 가까운 친구들이 점차 이 세상에서 사라지는 것을 보면서 가슴에 쓸쓸한 바람이 분다. 이제는 나이 들어 건강관리도 해야 되기에, 술도 담배도 끊다시피 한 상태에서 "주량이 얼마예요?" 하고 물으면 대답할 말이 없다. 저 앞 정원 길에 낙엽이 쌓인다. 이 가을도 이제 가려나 보다.

이중환

우리들의 삶이 의미 있는 건 나름대로의 작품을 세상에 내놓을 수 있기 때문이 아닐까 합니다. 희로애락 속에서 글 밭을 경작한다는 것 얼마나 보람있는 일이겠습니까? 전진하면서 멋진 작품 내놓아야지 하는 꿈을 꾸며 미숙한 작품 내놓습니다.

시

가을 앞에서
세상에나
쌍무지개
절정 그 앞

수필

멍들다

약력

경북 포항 출생. 방송통신대 국문과 졸업. 계간 『문파』 시 부문 등단 (2017). 한국문인협회, 시계문학회 회원. 문파문학회 이사. 저서 : 시집 『기다리는』, 공저 『그래 너는 오늘도 예쁘다』 『계간 문파 시인 선집』 등.

가을 앞에서

세월은 흘러가는 건지?
세월이 쌓이는 건지?
끝나고 보면
평생의 궤적이 남겨진다

가을 앞에 서니
삶은
해가 서쪽 하늘을 향해 부지런히 가는 것같이
하루 동안 보람을 만들려는 사람이 있고

그 하루가 저물어
잠시 머물다 끝내 지고 마는 노을같이
흔적 없이 사라지는 이도 있다

그렇게 치열했던 사랑도 미움도
두고 가야 되는 것

살아가는 동안
서로 살갑게 어루만져야겠다
고맙도록

세상에나

하~ 대단타
부러워해야 하나, 비난해야 하나
대장동 화천대유
어찌 그런 선진 수단을 개발했을까?
배금주의자 아닌 사람들도 깜짝 놀라게 만들었다

몇천만 원, 1~2억 투자해서 천억, 몇천억 벌고
5년 근무해서 퇴직금 50억 받고
세상 사람들을 놀라게 만든 돈 잔치
거긴 도대체 뭐였길래 그런 뛰어난 재테크 방식이,
세상에나

부지런히만 하면 된다고 땀 흘리는 사람들은
오늘도 제자리 걸음이다
뛰어난 수단으로 돈 벌었다고 시기할 건 아니지만
열심히 사는 사람들에 허탈감을 안기는
세상을 탓해야 하나? 주군을 탓해야 하나?

2년째 코로나로 어려운 지금
간단식으로 찾는 김밥집 출입문엔

'개인 사정으로 쉽니다'라고 써 붙여 놓고
언제나 열릴지 오늘도 굳게 잠겨 있다.

이렇게 열심히 살고 싶은데
돈 가치를 멍청하게 만들어버린 희대의 사건,
지갑 속엔 배춧잎 몇 장이 고작이지만
나도 이제 덩달아 1~2억은 우습게 보인다

쌍무지개

추적거리던 날씨 빼꼼히 뜬 햇빛 저쪽,
쌍무지개 떴다

나란히 속삭임은 다정도 한 것
하나보다 둘이어야 하는 숙명처럼
같이 있자고 손 내민다

서로 바라보기만 해도 가슴 따뜻한
그래, 둘이 하나인 것처럼
너와 나 미움도 없이
곱고 이쁘게 함께 있다 사라지는
저 쌍무지개

오늘도 내일도 그렇게
같은 잠자리, 두 손 따스히 잡고 있다가
창가 햇살 비쳐오면
얼굴 마주 보며 밝게 웃자

절정 그 앞

나뭇잎 단풍으로 물든다
계절이 토해내는 진한 홍갈색
가꾸어온 애정도 저처럼 고와지겠지

열매 익었으니
마음 깊이 새긴 사랑 더욱 알차졌겠지

이 가을
그대와 나 절정으로 불타야겠지

멍들다

삼월도 상순이다. 하루를 시작하면서 오늘 발표되는 코로나 확진자 수는 몇 명이 될까 하는 것이 궁금하다. 이것이 일 년을 넘게 코로나를 겪고 있는 우리의 현상이다. 누구나 처음 겪어보는 위력적인 바이러스 병에 마스크 쓰는 것은 당연하게 되어 버렸다. 이로 말미암아 그동안의 생활 패턴이 많이도 바뀌게 되었다. 우리 사회는 많은 피해와 우려에 직면해 있다. 직장에서는 재택근무가 늘어나고 회사 운영에 타격을 받고 있는 곳도 많은 것 같다. 학교에서는 비대면 온라인 수업을 하느라 순조롭지는 않게 돌아가고 있다. 그 외 회사 사정으로 본의 아니게 실직자가 된 사람도 많은 것으로 드러나고 있다. 특히 여러 분야의 자영업자들은 영업 제한 등으로 못 살겠다는 아우성이 이만저만이 아니다.

정상적이었을 때도 살기가 어렵다고 했는데 이런 제한의 환난 속에서 살아남기 위해 눈물겨운 사투를 벌이고 있는 것이다. 영업을 제대로 할 수 없으니 그 고통이 오죽하겠나 말이다. 호수 가운데 던져진 물결 파문처럼 퍼져나가는 어려움이 모두가 겪는 고통이다. 누구의 위로를 받고 위로를 해주고의 문제가 아닌 국민 전체가 겪는 어려움이다. 백신이 나왔다고는 하나 그 혜택을 어느 때나 볼 수 있을는지 모르겠다. 특히 우리나라 국민들이 주로 맞는다는 주사는 안전성에 반신반의하는 것 같아 좀 걱정스럽다. 최근에는 기존 코로나보다 전염력이 몇십 배나 크다는 변이 바이러스 출현이 더욱 우려스럽게 하고 있다.

잘산다는 미국이 코로나로 더 어려움을 겪고 있다. 너무 자유로운 국민들이어서 그런지 모르겠다. 확진자가 쏟아져도 사망자가 속출해도 걱정스러울 만큼 개인의 자유를 존중해 주는 나라가 미국이 아닌가 싶다. 며칠 전엔 텍사스 지방에 폭설과 강한 한파가 덮쳐 며칠간 정전으로 전기도 없이 대혼란이 일어난 걸 보았다. 미국 중남부 텍사스는 겨울에도 기온이 온화한 지역이라 영하 15도 이하의 혹한과 폭설은 재난이었다. 추위를 견디기 위해 땔감으로 쓸 수 있는 건 모조리 주어다 불을 피운다는 것과 수도관이 동파되어 식수를 구하려는 몸부림들은 미국이 아닌 것같이 보였다. 부유한 나라도 코로나나 기상 재난에 취약한 것으로 보였다. 미국의 코로나19 확진자는 2,000만 명이 넘고 사망자는 50만 명이 넘는다고 하니 선진국이란 것이 무색할 지경이다. 코로나가 백신 접종으로 다소 진정돼 가는 분위기를 외신을 통해서 느끼고 있어 다행스럽게 생각한다.

14세기 유럽을 휩쓸었다는 페스트(흑사병) 유행병으로 당시 유럽 인구의 3분의 1이 희생되었다는 기록이 있다. 그 시대와 비교 한다는 것은 무리일진 모르지만 수 세기마다 한 번씩 인간들이 통제하기 어려운 역병으로 고통을 겪어야 하는가 보다. 과학의 힘으로 우주여행을 꿈꾸는 시대에는 그 시대 능력으로도 감당하기 어려운 유행병이 발생하는 것이 아닌가 하는 생각이 든다. 인간들의 과학 능력을 시험하려는 것은 아닐까? 전 세계 코로나 확진자가 1억 명이 넘었다 하고 사망자는 2백만 명이 넘는다니 대재앙이다. 사람들 간의 전염으로 이렇게 많은 희생자가 생긴다는 걸 지금 우리는 겪고 있는 것이다.

현재를 살아가는 우리는 이 코로나 사태와 같은 팬데믹을 처음 경험해 본다. 인간의 오만이 자초한 건 아닌지 반성을 하고 대비책을 강구해야 지구인의 생존에 지장이 없을 것이란 생각을 한다. 인간들에게 일어나는 재앙은 인간들만이 해결할 수 있기 때문이다. 이제 코로나 백신이 개발되어 접종 단계에 이르렀으니 만나는 것이 두렵지 않은 옛날 같은 평상 생활이 되는 날이 빨리 오기를 고대한다. 우리나라는 백신 접종이 초기 단계이지만 전 국민이 면역을 갖는 날이 반드시 올 것이라 믿는다. 그래서 어려움을 겪고 있는 기업이나 자영업자들도 마음 놓고 영업을 하여 수익을 올려 부를 창출하는 시대가 되길 바란다. 실직자들도 모두 직업을 갖게 되어 생업에 열심히 종사하여 모두가 잘사는 날이 되기를 바라 마지않는다. 세계 각국과 교역이 활발하게 이루어지고 여행도 마음대로 다닐 수 있는 도약하는 미래가 되기를 기대해 본다.

김은자

들꽃의 질척한 시간, 다시 발자국을 남깁니다.

시

물 밖에서 뒤척이는 일
숲
이른 장마 속에서 부르는 봄
몸부림치다 남긴 흔적
회룡포 불타는 솔방울

약력

충남 연기 출생. 『월간 아동문학』 동시 부문 등단 (2004), 계간 『문파』 시 부문 등단 (2019). 사) 한국문인협회회원 사) 한국여성문학인회원, 사) 한국문인협회 용인지부 사무차장, 계간 『문파』 이사, 시계문학회원. 2020년 (재) 용인문화재단 지원금 수혜. 저서 : 동시집 『꿈봉투』 시집 『반짇고리』 공저 『기연』 『문파대표시선 41』 외 다수.

물 밖에서 뒤척이는 일

한 뼘 햇살, 가붓이 밀고 온

서해 봄

얇은 이불 속 껍질 여린 모시조개

굵은 음절로 손끝 발끝 확대경 입고 달려든다

제 몸 가득가득 뻣물 머금고

물총 아득히 터트려 뒤척이다

비를 쏟는다

양파 숨 식지 않은 망 속으로

턱턱 던져지는 날들

바깥세상 낯선 소음

깊은 파동 이슥하다

생명의 힘 수족관에 새파랗게 밀어 넣고

여윈 숨 파종한다

녹슬지 않는 해 사라지기까지—

숲

어떤 이가 네 쏟아지는 빛의 얼굴을 외면하리 터질 듯 심장 한가운데 빽빽하게 피어나는 생명, 온종일 겹겹이 쌓아 올린 이끼 속마음 털어내는데 앞서 걸었던 사연 묵묵부답 미끄러운 황톳길 산새가 뻐꾹뻐꾹 안녕을 안내한다. 달려가고 달려와 싸리꽃 흔드는 환희의 발가벗음 뜨거운 진통 끝에 산을 낳고 하늘 향해 힘껏 발돋움하는 숲, 세월을 입고 벗으며 녹색 깃발 흔든다.

어떤이가너의벅찬표정을
외면할수있으리

이른 장마 속에서 부르는 봄

하늘 가득 먹구름 두터운 벽이다
산수유나무 밑동 갈라진 틈에 낀 축구공
달 이울도록 봄을 부른다
파랑과 누런빛 박음질한 다이아몬드 한가운데
꼬리 한껏 치켜들고 포효하는 호랑이처럼
한때
창자가 끊어질 듯
오른발 왼발 꿈에 오르던 날 있었을 터
누군가 왜 탱탱한 삶
기력 쇠진한 생명 그늘 아래 접붙여 놓은 걸까
낮과 밤 폭우 속으로 빨려 가는 동안
꽃 웃음 사그라들고
간간이 눈길 주던 가느다란 불빛 깜빡인다
산수유나무 척박한 계절 건너, 건너
세월이 다 벗겨진 뿌리 곁에
허리 굽혀, 노란 종이 별 접어 켜느라
손과 발 붉다.

몸부림치다 남긴 흔적

봄. 여름. 가을. 겨울. 유리창에 찰랑 붙어
꽃향기 날리던 이불집
퇴직금 함지박에 담아
들썩이던 꿈 안식 찾았다던
멋쟁이 옷 가게 여주인
쓰나미 덮쳐, 나무뿌리 송두리째 뽑혔다
시들시들 말라가는 잎새
어쩌다 눈길 주는 건
둥둥 떠 가는 구름뿐
두 손 불끈 쥐락펴락
자가발전기 등허리에 매고
내일에 매달려 버텨 보지만
흔들흔들, 침묵으로 몸부림치다 긁힌 흔적
뿌연 먼지로 얼굴 가려 놓고

어디 간 걸까?
먼 고향 다녀 오려나

회룡포 불타는 솔방울

온 산 더듬거렸다

바닷바람과 맞섰다

육지인가 섬인가

헐렁하여 빗나간 원초적 사연 품어

소리 없이 울고 웃었다

가련한 노숙자처럼 모진 세파에

툭, 떨어져 웅크리기도 했을 솔방울

구겨진 시간 심폐소생 했던가

진흙더미 속에서 만물처럼 올려

소나무 거친 살갗에 투영한

햇살 버무려 뭉친 터전

꽃무지개 한 줄기 물어

살 통통 오른다

형형색색 서둘러 달려와 불 지피는

드넓은 푸른 치마폭

너울너울 쉼 없는 춤사위

달이 뜨고, 꿈이 뜬다

김근숙

들불처럼 불어라 정의의 바람아

더 이상 세상이 울지 않도록 사랑의 바람아 함께해다오

시

거울

다시, 또다시

세상 속에서

수필

그림자

신과의 조우를 꿈꾸며 요르단에 가다

약력

부산 출생. 계간 『문파』 시 부문 등단. 계간 『미래시학』 수필 부문 등단 (2020). 문파문학회, 미래시학, 한국문인회 용인지부 회원. 저서 : 시집 『초록의 눈』, 공저 『물들다』 『가온누리』 『문파 대표 시선 43』 『계간 문파 시인 선집』 외 다수.

거울

- 정의 2

창호지에 베일 듯 스며드는
야트막한 숨소리
한숨 짓는 바람이다

달빛에 나타난 그림자 보랏빛 얼굴
검붉은 입술에서
씨익~ 쓰윽~ 소리인 듯 만 듯한 것에

손끝이 아리고 온몸이 저려와
가위에 눌린 마음이 거울을 찾으려 더듬는다

다가오는 앙상하고 메마른 그림자
품에서 겨우 꺼내든 흠집투성이,

창호지 사이로 한 조각 빛이 스며들자
빛 사이로 번쩍 사라지며 안간힘을 다해
내는 소리

일어나라~ 일어나아~

금이 간 나의 거울
회한의 눈물 쏟아낸다.

다시, 또다시

내려다보니
너나없이 눈을 떴다 감았다 휘적대고
회초리도 없는데 채찍 소리 요란하다

시작과 끝을 동시에 주며 신은 일깨워 준다
네 삶이고 인생이라고 한다

방황하는 사람들 앞을 가리는 가면의 행렬, 길다

신도 안타까워 병을 슬며시 풀어 대대代代로
안개 스며들듯 조금씩 색깔과 맛을 달리하며
알아차리게 펼쳐 보였다

삶도 죽음도 우리 안에 있고
마음먹기 나름이라 내 책임인데

다시, 또다시 뜻 모르는 행렬은 이어지고
세월의 쳇바퀴는 무심하기만 하다

세상 속에서

조여 오고 비틀어진
세상 포자에 가두어져 허덕대는 나

저 밖으로 날아올라
나비처럼 훨~훨 나다니다

해와 바람과 비, 구름까지 불러
손을 내밀다

허둥대며 보고 잡으려 하니
숨만 헉헉대고 있다

점차 약해지는 숨과 손, 발
멀리서 애타는 손길로 긁어대며
나를 이리저리 굴린다.

겨우 뜬 눈으로 바라본 나
나비 몸짓을 떨고 있는 번데기이다

그림자

가면을 쓴 그의 정체는 그림자이다. 실체가 없으면서 기생한다. 심지어 사람의 영혼까지도 갉아먹는다. 세상이 힘들다고 하면 모든 물체에 드리워져, 있는 것조차 깨달을 수가 없다. 야트막하게 가라앉아 더욱 짙어진 그림자, 해가 지고도 드리워져 있을까? 달 밝은 밤을 기다려 밖으로 나가 잃어버린 그림자 찾으려 긴 밤 오기를 기다려야 할까? 도시의 가로등, 바람에 흔들리는 나무, 활기차게 걸어가는 사람들, 물건들로 나란한 좌판에도 모두 제 그림자를 보려고 한다. 비추어지는 것은 어둡다. 가끔 소리 없이 내리는 빛 속 어딘가에 감추어져 있을 그늘, 생명이 없는 존재는 그림자도 없다고 한다.

사람이 살아가는 현실에선 모두가 생명이고 생령이다. 생명은 빛의 에너지로 쌓이고, 생령은 몸속 가득 충만해진다. 생명을 잘 다루지 못하면 위에서 아래까지 그늘이 진다. 그늘은 발아래서 등 뒤로 날개를 달고 가슴 앞에선 꽉 쥔 두 손이 불안에 떤다. 두려움은 쉬이 가시지 않은 듯 마주 잡은 손에서의 울림은 눈빛을 매섭게 하고 머릿속은 신열로 가득해진다.

낮과 밤을 잃어버린 존재는 벌건 대낮에도 양심 팔기에 바쁘다. 그는 밝고, 명랑하며 유쾌한 사람으로 처음에 삶은 공정과 균형에 따른 포부와 용기였다. 모든 사람들의 출발이 그렇다. 한동안은 하늘도 새벽 여명에 밝아 오는 새 아침이며, 황혼 무렵에는 새파란 하늘을 보이면서 짙은 노을이었다. 그의 패기는 한 나라를 구하고 뭇사람을 구할 자신이 있어 검은 속내의 그림자는 생각지도 못했다. 삶은 순조로워 그림자도 없었다. '나여야만 해'라는 이기심이 싹트기 전까지는 그랬다. 그는 지금 웃고 있는데 울고 있다.

한낮의 햇살이 차츰 기울고 먼 하늘로부터 검은 띠가 열병하며 무늬져 가는 깊은 어둠 속에 떠오른 달이 달무리 져 있다. 밤하늘에 달무리가 짙으면 다음 날은 비가 온다고 한다. 여러 날 맑았다가 흐렸다가 반복되니 세상 사람의 마음도 오리야, 기리야 한다. 처음과 끝이 한결같지 않으면 운명도 달라진다. 달을 중심으로, 해를 가운데로 하여 사는 사람들은 서로 기대며 돕고 살아가도록, 되어 있다. 무리, 떼로 있지 않고 조직을 만들고 규범을 정해서 타인의 의사를 존중한다. 나아가 말해야 할 때는 주관적이고 자율적인 독립된 마음으로 의사를 밝히는 게 본연의 자세라고 여긴다.

현재의 우리가 가져온 것은 과거를 부정하고 불확실한 미래에 희망도 잃게 하여 나의 소중함은 거짓의 탈 위에서 검무를 춘다. 밝은 날은 너무 멀리 가고 짙은 어둠 속 그림자는 코앞에, 눈에 어른거린다. 갈 길은 바쁘고 삶은 되돌아보지 못하게 심하여 태엽을 감는다. 낮게 드리워진 밤하늘 지평선에 마지막 남은 빛이 어둠에 휩싸이고 뜨겁던 한낮의 열기도 서늘한 공기에 사위어진다. 공기 속에 아직도 남아 있는 선부른 해의 냄새가 어둠 저편에서 안간힘을 쓰며 하늘 한쪽을 감싸 안는다. 가면을 쓴 얼굴들이 어둠에서 더욱 무섭게 밤이슬을 밟는다.

그가 며칠 전 미소 가득한 자신감 넘치는 얼굴로 해맑게 웃기까지 하면서 야광주를 내밀었다. '나는 국민밖에 모르는 모든 것을 국민을 위해 산다'라고 했다. 사람이라 더러 실수를 해도 사람들이니까 말과 뜻을 잘 알아 나의 고충을 알아달라고 하였다. 그의 얼굴에 나타난 표정은 미소도 순진함도 아니며 부끄러움도 수치도 정의도 아니었다 오래되어 빛바랜 양심만이 너덜거리며 웃고 있었다고 말하고 싶다.

그는 자신을 에워싼 그림자가 그의 동지이며 반려자라 여길지는 모르겠지만 어두움은 잠시, 그림자도 어느새 흔적 없이 사라지는 찰나를 맛보게 되리라 여긴다. 진실만이 영원하며 거짓은 오래가지 못한다는 것을 그 스스로 땅 위에 새길 날 오리라 여긴다. 해 뜨기 전 찰나에 어둠이 짙다 잠시 번쩍이듯이, 뇌우가 치듯이 해가 떠오름을 기억해야 한다. 사람들은 저마다 내면의 거울이 있다. 어두움과 그림자가 있는 반면, 반짝이는 빛만이 있는 앞면이 있어 사람의 흉허물도 스스로 치유할 수 있는 거울이다. 양면성을 가지고 있는 사람들이 한쪽으로 기울면 회복이 더디다. 평균대의 거울을 통해 힘의 균형을 유지하도록 노력해야 한다. 본인의 의지가 약해져서 넘어가면 어둠, 그늘, 그림자는 회복하기가 어렵다. 짙은 어둠 안에서 물질을 찾기는 빛 속에서 찾는 것보다 힘들기 때문이다.

신과의 조우를 꿈꾸며 요르단에 가다

요르단에 있는 예수님 세례터를 보러 가기로 했다. 그곳은 불교 신자인 나에게 낯설지만 한번은 가보고 싶었던 곳이다. 타 종교에 대한 호기심과 더불어 성경의 예언과 예수님의 행적을 귀동냥으로 많이 듣다 보니 가서 보고 싶었다. 마음이 맞고 대화가 잘되는 친구로는 불교 도반도 있지만, 기독교 신자도 꽤 많다. 나는 그들의 하느님인 만물을 창조한 신을 열렬히 맞이하며 죽음도 불사하겠다는 의지가 싹틀 수 있을까, 나에게도 꼭 만나야 할 인연의 고리가 예수님 세례터에 있을까하는 심정에서 비非신도로서 경외감을 품고 6박 8일의 여정을 떠났다.

11월 26일 오후 9시 30분에 인천공항 1터미널에서 13명의 일행이 만났다. 여러 지역에서 왔지만, 월드뮤직 동호회원들이라 처음 만남인데도 낯설지가 않았다. 여행을 계획한 음악 평론가로 월드뮤직을 강의하는 H와 그의 친구이면서 가이드인 J가 우리를 이끌었다.

그들의 리드 아래 우리 일행은 음악 기행 겸 문화 탐방이라는 주제로 카타르 도하를 거쳐 암만까지 15시간을 갔다. 북쪽 시리아가 내전으로 혼란스러워 혹 IS 집단 테러와 분쟁이 있지 않을까 걱정하였는데, 거기는 보안이 철저하고 안전한 곳이었다.

퀸 알리아 국제공항에 도착하여 전용차로 움카이스와 제라시로 가서 원형이 잘 보존되어 있는 그리스와 로마 유적지를 보았다. 수세기 전의 비밀과 만나는 기쁨은 여전히 신비로움과 겹쳐져 나를 흥분시켰다. 마다 바로 이동한 곳에서는 서기 560년경 제작된 세계 최대의 모자이크 성지 지도가 있었다. 성지 지도는 초기 기독교 순례자들의 일기와 로마 시대 이정표 등의 발굴과 더불어 예수의 세례터를 입증하고 있어 중요한 자료라 했다.

사해와 이스라엘 풍경이 보이는 느보산 정상에서 모세의 승천 교회를 만났다. 주변이 삭막하고 거칠 뿐만 아니라 산 아래 협곡이 깊고, 강우량이 적어 물이 부족한 나라라고 하더니 산등성이 대부분 정상에 집들이 있었다. 느보산 약속의 땅인 산기슭 아래에서 불어오는 쓸쓸하고 고요한 기운은 초겨울의 바람처럼 나를 잠시 외로움에 젖게 했다. 모세의 철제 조각의 지팡이와 요한 바오르 2세가 2000년에 식수한 나무는 느보산 주변이 중요한 유적지임을 알게 하였다. 모세를 그려보며 감상하였다.

아르논 계곡을 지날 때는 와디무사, 와디무집을 관람하였는데 요르단의 그랜드 캐니언이라고 불리는 곳이다. 소라고둥처럼 휘감아 도는 좁다란 길을 가면서 듣는 소사의 〈토도 캄비아〉와 두둑의 묵직한 음색으로 연주되는 〈아르메니아 나의 어머니〉가 어찌나 풍경과 잘 어울리는지 놀라웠다. 각국의 전통음악과 포크, 가극, 록 등이 다르지만 각각의 음색이 조화를 이뤄 음악을 들을 때마다 황홀했다. 여행하면서 설명이 곁들인 음악을 듣는 음악 기행은 현장감을 더 높여 멋진 여행이 되게 하였다.

페트라에서 이벤트가 있다 하여 도착하자마자 8시 30분의 행사를 보려고 칠흑 같은 어둠을 뚫고 가니 촛불이 일렬로 놓여 있어 밤길의 두려움이 사라졌다. 7시에 출발하였지만 도착하니 거의 파장이었다. 하지만 오색빛 찬란한 밤의 향연이 페트라를 비추어 엄숙한 분위기가 느껴졌다. 저마다 앉아 있는 군중을 보자 두근거리는 심장이 튀어나오려 했다.

3일 차에는 페트라를 종일 보기 위해 6시 30분에 출발하였다. 현지 가이드 라미의 인솔하에 페트라 곳곳에 있는 무덤 동굴, 거주지, 오벨리스크, 원주민인 나바테인의 유적인 댐을 보았다. 영국의 시인 존 버곤 신부가 페트라를 '영원한 시간의 절반만큼 오래된 장밋빛 같은 붉은 도시'라고 할 정도로 사암의 화려한 무늬는 마치 살아 있는 생명 같았다. 할퀴어진 근육의 핏자국, 하염없이 흘러내린 눈물의 호소처럼 선명하여서 장관이었다. 왕의 무덤과 왕궁의 도시 유적인 알카즈네 페트라를 본 후 숨은 보석이라는 수도원 폐허지인 알데히르로 갔다. 이곳에서 발견된 화강암, 대리석은 지금도 수수께끼라 하였다.

와디럼 사막의 모래 둔덕과 기암괴석을 보았고, 사막의 해지는 무렵을 감상하였다. 베드윈 악사들이 석양을 배경으로 구성진 음악과 와인으로 장작불을 태우며 나그네들을 위로해 주었다. 와디럼 5성급 캠프로 돌아오면서 휘날리는 머리칼 사이로 보았던 파란색 짙은 붉은 노을의 하늘이 설레게 하였다. 밤하늘에 쏟아 부어진 별들로, 검은 밤을 수놓은 푸른 보석 아래에서 고요함으로 몸과 마음은 씻은 듯이 편해졌다.

11월 30일 와디럼 사막을 떠나 예수님 세례터가 있는 베다니로 이동하였다. 베다니 이동 중에 버스 기사 무스타파가 난색을 보이며 사막을 떠날 때만 해도 아무 이상 없더니 계기판, 엔진 등에서 이상이 발생했다고 하였다. 열악한 나라였다. 가까운 곳에 주유소, 카센터, 휴게소도 없고 출동 서비스도 없었다. 기사가 비지 같은 땀을 흘리며 3시간 만에 고쳤지만 아슬아슬한 심정으로 이동하였다. 늦어져서 가이드가 일정을 바꾸자고 하여 사해부터 갔다. 사해에서 유영의 놀라움을 경험하였다. 깨끗한 호텔이 주는 안락함과 멋진 정원, 풀장과 위락시설을 돌아보며 1박을 하였다.

요르단 여행 일정을 보면서 기대한 것은 지금 아니면 가기 어렵다고 생각되는 성지였다. 성지를 볼 수 있는 기회가 오자 두말없이 결정했었던 순간이 떠올랐다. 수리를 기다리는 차 안에서 매연과 후끈한 공기를 마시면서도 기다린 것은 신과의 조우였다.

다음 날 베다디 지역으로 갔을 때 예수님의 세례터에서 받은 느낌은 환희였다. 아기 예수가 세례 요한으로부터 세례를 받았다는 사실은 신약성서 「요한복음서」에 있다. 일곱 곳을 말했지만 사서 기록을 살펴보면 요르단 강변에 있는 세례터가 확실하다는데, 그 성지를 본 것이었다.

성소가 있는 곳은 이스라엘과 요르단 강을 사이에 두고 국경이 지나간다고 하였다. 나무로 만든 막사 같은 조금 오래된 목조 교회 건물과 돌계단 우물 자리 등 있는 그대로 허허로운 광경이었다. 그리스 정교회 건물이 가까이에 있었다.

자리를 조금 벗어나 국경 쪽으로 우리 일행 중 가장 빨리 걸어가서 제일 먼저 강물에 손을 담갔다. 예수님께서 세례를 받았다는 강물이 지금의 물과 무엇이 다르랴? 시간과 공간은 숫자에 불과하다고 생각하자 나는 성수 속에서 깨달을 수 있었다. 삶의 시련과 고통 속에 신은 계시기에 눈물과 한숨이 내일을 위한 도약의 계단이 될 수 있었다는 것을.

강물에 손을 담그는 순간 '고정적인 틀에 얽매여 애벌레같이 살지 않고 유연성과 변화를 추구하는 자유로운 나비가 되리라'는 결심이 신과의 조우가 없다면 가능했겠는가? 신과의 조우는 유머와 상식이 풍부한 일행과의 만남 속에서도 있었고, 여행지마다 느꼈던 감동의 파도 속에서도 있었고, 앞으로 들을 음악과 여행 속에도 있을 것이다.

최레지나

돌아오지 않는다는 것을 많은 시간이 흘러야 이제 알았네
이별의 값은 없어
네가 왔을 때 이별도 같이 왔잖니

시

5월의 눈물
붉은 장미
삼베
후반전
소리 없는 이별

약력

서울 출생. 시계문학회원. 저서 : 공저 『오래된 젊음』 외 다수.

5월의 눈물

녹음 짙은 5월
라일락 향기 깊어질 때
어머니 그리움에 눈물이 고인다

허약해진 몸 생선 가시 발라내듯
당신 몸 속살까지 떼어
자식 입에 넣어 주시고 가신 어머니

힘 빠진 허리에
앞치마 동여매고 한 바구니 빨래하는 비쩍 마른 손

한여름 삼베 적삼 걸치고 10리 길 장터 찾아가
아들딸 예쁜 운동화 사다 주신 어머니

보름 달빛 아래 정화수 떠 놓고 자식 잘되라고 빌어 주시며
4남매 건강히 잘 키워 출가 다 시키고

환갑도 못 보내시고
세상과 이별하신 어머니
지금 나는 어버이날 한 아름 선물 받았지만

나의 어머니

카네이션 한 송이 받아보지 못했다

5월이 오면 어머니 생각에 눈물이 고인다

붉은 장미

어젯밤 온 동네가 시끌했다.

담장 너머로
붉은 입술 내밀겠다고
가시를 온몸에 꽂고
5월 바람에 취해 춤추고 있다

나는
담 너머로 눈을 돌려 사방을 둘러보고
한 여인을 잡아당겼다

아차
붉은 입술에 찔려 그만 내 손이
붉어지기 시작했다

다시 한번 담장 위로 세게
더 붉은 여인을 잡아당기다
놓쳤다

여인의 가시가 나의 머리를

찌르고 하늘 높이 춤을 추었다

담장 위에 앉아
미소 짓는 붉은 여인

돌아서는 내 발길이
내 얼굴이 붉어졌다

삼베

태양이 점점 타오르는 7월
한여름 더위 속으로 들어간다

시원한 음료와
통기성 옷을 입는 것이
누구나 많이 찾는 여름이다

나의 어릴 적 어머니는
삼베 이불과
요를 준비하여 주신다

삼베는 땀 흡수가 강하고
바람이 잘 통하여 이만한 여름 옷감은
없는 듯하다

어릴 적 잠자리 몸에 까실하게 닿는 것이 싫어 밀어내고
잘 자고 일어나면 삼베 이불은 틀림없이 나를 덮고 있다

어머님의 손놀림 부채와 삼베 이불 시원함
한여름 잠은 꿀잠이다

지금 나는
그때 자연의 시원한 맛을 느끼며
7월 장마 전에 삼베를 준비한다

이제 우리 아이들도
복더위가 오면
삼베 이불 매력에 먼저 빠진다

자연이 준
최고의 선물

후반전

2021년 6월
후반전 게임이 시작이다

전반전은 세계인이 처음 하는 게임이다
0:1로 모두 졌지만

후반전
코로나 백신 예매표 신청은 몇 시간 만에 끝났고

젊은 층 응원석 얀센 좌석이 하루 만에 완판이다

백신 응원석이 쏟아 들어오다
팔뚝을 들고 힘차게 하늘을 찌른다

후반전이 승리 쪽으로 흘러간다
조금만 더 힘내자

우리 국민은 질경이와 같은 깊은 뿌리가 있다

이번 삼복더위는 코와 입을 열고 열을 뿜어내자

백신을 온 국민이 몸에 심었으니
내가 관리인이다

후반전은 우리의 승리다
이제부터

소리 없는 이별

봄이 떠날 때
꽃이 지는 것 보니

네가 밤길에 별같이 왔을 때
새벽 속으로 간다는 것 알았지

사랑도
짧은 시간에 오고 가고
가슴은 저 먼 하늘까지 담고 가지만

돌아오지 않는다는 것을
많은 시간이 흘러야 이제 알았네

재촉하지 마
슬퍼하지도 마
이별의 값은 없어
네가 왔을 때 이별도 같이 왔잖니

아침 햇살이
빈손으로 왔다가
노을도
소리 없이 저만치 떠나잖아

유태표

해방둥이로 세상에 나와, 하루도 거름 없이 가고(去) 또 가기를 억 만 리 길, 오늘은 얼만큼 더 갈 수 있을까?
세상의 처음 질서엔 감(去)이 없는데, 어느덧 나와 내 동무들은 하늘가에 맞닿아 맴돌고 있네.
반짝하다가 사라지는 유성流星들의 이야기들을 가슴 가득 담고 있지만, 별빛으로 다듬어 낼 재주가 없다네.
하늘가를 가로지르는 열반涅槃의 강어귀, 신 한 짝을 남기겠다고 야단들인데, 내겐 남길 신 한 짝마저 없구나.

수필

살아있는 아름다움의 덧없음
설거지
코로나, 홀로 되는 길

약력

고려대학교 법대 졸업. SK 상사 전무, 중부도시가스 부회장.

살아있는 아름다움의 덧없음

'덧없다'라는 말은 무상無常하다는 말과 같은 뜻으로 쓰인다. '덧'이라는 말은 순수한 우리말이다. 사전적 의미는 '얼마 안 되는 퍽 짧은 시간'이라고 새긴다. 머무르는 시간이 아주 짧다는 뜻이다. 나뭇잎으로 말하자면, 5월 초순에 아름답던 푸른 잎은 하루 한 시간을 같은 모습으로 머무르지 않고, 시간이 흐르며 검푸르게 노랗게 붉게, 끝내 누렇게 변해 바람이 불면 길가에 떨어져 썩게 되는 것이다. 나뭇잎뿐이겠는가? 살아 있는 모든 것들은 생기면 멸한다生滅는 덧없음의 진리 앞에, 가을이 깊어지면, 왠지 서글퍼지는 까닭을 나이 든 우리는 대충 알고 있다. 불자들의 마음속에 새겨져 있는 삼법인三法印 중 제행무상諸行無常이란 게 이런 것이 아닐까?

내가 일본에서 근무할 때 이른 봄이 되면, 벚꽃이 만개할 즈음 직원들과 '벚꽃놀이花見'를 하는데, 우에노 공원에 자리를 잡기 위해서는 하루 전부터 전쟁을 치러야 했다. 도시락을 먹고 만개한 벚꽃을 감상하며 한나절을 보내곤 했는데 그때는 벚꽃이 그저 아름답게만 보였었다. 요즈음은 나이 들어서인지 만개한 벚꽃을 볼라치면, 왠지 덧없고 불안해지는 마음을 감출 수 없다. 저러다 바람 한번 불면 꽃잎은 어지러이 떨어져 길가에 나 뒹굴 게 뻔하고, 가지에 매달린 꽃잎조차 색이 바래, 아름다움이 스쳐 간 흔적조차 희미해질 것이다. '이보다 더 무상한 것이 있으랴. 벚꽃 지는 슬픈 세상이여.' 8백여 년 전에 쓰여졌다는 일본의 和歌(와카) 중 한

수의 내용이다.

'천하의 모든 사람이 아름답다고 알고 있는 것을 아름답다고 한다면, 그것은 추醜할 수도 있다. 天下皆知美之爲美 斯惡已' 노자 선생의 아름다움에 대한 말씀이다. 만인萬人에 의해 합의된 아름다움은 추할 수 있다는 말씀이다. 아름다움은 멈추어 있지 않고 아주 짧은 순간 우리와 눈을 마주쳤다가 덧없이 사라진다. 인간들은 아름다움을 좀 더 오래 붙들기 위해 화장을 한다. 처가 쪽 조카 되는 애가 결혼한다고 예비 신부를 데리고 와서 이모들에게 소개했다. 소개받는 자리에서 아무런 말도 하지 않으면, 분위기도 썰렁할 것 같아 한마디 해 주었다. '지금까지는 헤매며 살았지만, 결혼한 뒤에 사는 게 진짜 사는 거야.' 나는 뒷말을 입 밖에 내지는 않았지만 이렇게 속으로 중얼거렸다. '지금은 서로 예쁜 말만 골라서 하고, 예쁘게 화장하고 절제된 스텝에 맞춰 예쁘게 춤추지만, 무도회가 끝나면 욕망이라는 이름의 전차를 타고 삶의 지옥으로 떠나게 될 것이다.' 우리의 삶은 지옥에 있으니까….

신곡을 쓴 단테는 어렸을 적, 우연히 베아트리체를 만난다. 그때 단테의 나이는 아홉 살, 베아트리체는 여덟 살이었는데, 단테는 그녀의 아름다움에 반해 사랑하는 마음을 갖게 되었다고 한다. 그 후 9년이 지나 피렌체 아르노 강변 거리에서 우연히 그녀를 다시 만났는데, 그녀로부터 정중한 인사를 받으며 지극한 행복을 느꼈다고 한다. 얼마 후 두 사람은 각각 다른 배우자를 만나 결혼하게 되는데 베아트리체는 스물네 살에 요절한다. 이때부터 베아트리체는 단테의 구원久遠의 여인상이 된다. 그리고 단테는 천국에서 그녀를 다시 만나 그녀의 안내를 받으며 천국을 순례하게 된다. 단테는 그녀를 성모 마리아와 같은 반열에 올려 숭모하다가 그 당시 일부의 사람들로부터 신을 모독했다는 비난을 받기도 했다고 한다.

나의 교만한 상상일는지 모르겠지만, 만약에 단테가 베아트리체와 결혼해서 살았다면, 어떻게 되었을까? 아홉 살의 단테가 그녀를 처음 만나 마음속에 품었던 사랑이, 그녀와 함께 살면서도 변함없이 유지될 수 있었을까? 결혼은 사랑으로 촉매 되는 현실이다. '연애가 사탕이라면 결혼은 밥이다.' 사탕은 달콤하지만, 하루를 먹으면 질리는 사랑의 이상, 천국이다. 반면에 밥은 별맛은 없지만 평생을 먹어야 하는 사랑의 현실, 지옥이다. 베아트리체에 대한 단테의 짝사랑은 사탕도 밥도 아니게 끝났지만, 그 사랑은 천국에까지 이어져, 해피 엔딩으로 끝을 맺는 영원한 사랑의 이야기, 신곡이 탄생 될 수 있었다. 그러나 단테의 사랑엔 눈먼 욕망이 없다. 욕망 없는 사랑은 공허한 개념에 불과할 뿐이다. 단테가 동양에서 태어났다면, 이루지 못한 사랑을 천국에까지 끌고 가는 일은 결코 없었을 것이다. 동양에는 영원함 대신, 덧없음이 있기 때문이다.

오늘도 어제와 다름없이 하루가 지나간다. 욕망이라는 이름의 전차는 나를 내려놓은 채 어딘가로 달려가고 있다. 아름다움은 언제나 욕망을 수반한다. 아름다움은 어쩌면 그 뿌리에 욕망이 있는지도 모른다. 욕망이라는 불꽃이 타오르는 동안 아름다움은 거기에 머무를 수 있겠지만 불꽃이 꺼지면 아름다움도 함께 사그라들 것이다. 생명 있는 곳에 욕망이 있고 아름다움이 있다. 젊고 강력한 생명은 지극한 아름다움과 불타는 욕망으로 꽉 찬 공간이다. 그러나 그 불타는 집도 덧없음을 피하지는 못한다. 아름다움 속에 덧없음이 없다면, 그것은 생명 없는 박제에 불과할 것이다. 덧없음으로 인해, 우리가 사는 '지금 여기'가 더더욱 절실하게 되고, 생명은 우리에게 절대 善(선)이며 우리가 사랑할 수밖에 없는 무엇인 것이다.

요즘 연예인들은 너나없이 성형수술을 하는 것 같다. 스쳐 지나가야 할 아름다움을 오래 머물도록 하려는 비뚤어진 욕망이 배우 아무개 씨를 전혀 다른 사람으로 만들어 쇼윈도에 전시한다. 양 볼은 빵빵하게 불거져 나오고 입술은 퉁퉁 부어 있고, 얼굴에 주름 하나 없는, 인형처럼 보이는, 만들어진 사람이 무대에 나와 '내가 바로 그 아무개입니다.'라고 하는 것 같다. 뭇 사람들이 좋아하던 아무개는 어디로 가고 전혀 낯선 이가 무대로 나와 자기가 그 아무개라고 한다면, 그에게 열광하던 사람들의 배신감이 얼마나 크겠는가?

아름다움은 스스로 드러나는 것이지 결코 만들어지는 게 아니다. 그리고 짧은 시간 머물다 사라져야 해서 아름다울 수 있는 것이다. 지혜의 눈으로 지극한 아름다움을 들여다보면, 눈이 시리도록 감동적이지만 그 덧없음에 마음이 서러워지는 것을 감출 수 없다. 18세기 일본 에도시대의 대표적 국학자였던 모토오리 노리나가本居宣長는 이러한 감정의 상태를 일본 고유의 미학美學 개념인 '모노노 아와레物哀'라고 했다. '살아있는 것들의 아름다움 속에 감춰진 덧없음과 슬픔', 성형외과 의사가 어찌 예까지 마음을 쓰며 얼굴을 고칠 수 있겠는가.

설거지

설거지의 사전적 의미는 음식을 먹고 난 뒤에 그릇을 씻어서 정리하는 일이라고 되어 있다. 설거지의 본래의 옛말은 '설겆이'였다고 한다. 설겆이는 설겆다의 명사형인데, 상床위에 차려놓은設 음식 그릇을 거둬들인다는 말이란다(설걷우다). 그런데 무슨 이유인지는 몰라도 설겆다 라는 동사는 사라지게 되어 자연스레 설겆이 라는 명사도 없어지게 되었다. 그 대신 소리나는 대로 '설거지' 라는 명사로 남아 '설겆다' 라는 동사 대신 '설거지하다' 라는 복합 동사를 쓰게 된 것 같다.

어떤 이는 식사의 시작이 쌀을 밥솥에 안치는 게 아니라 식재료를 사기 위한 '장보기' 부터라고 한다. 그러면 식사의 끝마침은 언제가 될까? 과일을 깎아 먹고 차를 마시는 등, 디저트를 끝마칠 때까지일까? 그는 말하기를 설거지를 끝마쳤을 때 식사가 끝난다는 것이다. 내가 지금까지 습관적으로 알고 있는 식사의 의미와 전혀 다른 것이었다. 나의 식사는, 식탁에 앉음으로 시작해서 내게 주어진 밥 한 그릇을 먹고 나서 수저를 식탁에 놓고 일어서므로 끝마치는 것으로 되어 있다. 그의 말이 옳다면, 아내와 나의 식사 시간은 시작에서부터 끝마침까지 전혀 다른 것이 된다. 그렇다면, 나와 아내는 한집에 둘이 살면서 함께 온전한 식사를 해본 적이 없을 수도 있다. '식사의 끝마침은 설거지를 끝마칠 때'라고 하는 그 사람의 새로운 개념은 신선한 공감이 가면서도 어딘가 미심쩍은 생각이 가시질 않았다.

여기에 말꼬리를 더 달고 싶지는 않지만. 식사의 시작을 좀 더 확대해 보면, 장보기 앞의 과정일 수도 있다. 시장에 가기 전, 수입收入에 맞게, 그날의 이벤트에 어울리게, 식재료의 구매 계획을 세워 둬야 되지 않겠는가? 그렇다면 식사의 시작은 장보기의 계획을 세우는 시점으로 거슬러 올라 갈 수도 있을 것이다. 아침 식사와 설거지의 끝마침은 곧 점심 식사와 설거지의 시작이 되고 점심 식사의 끝마침은 저녁의 시작이 된다. 하루 세끼 식사하고 설거지하는 것이 하루의 삶이 되어 버린다면, 거기에 끼니 때마다 '뭘 먹지?' 하고 고민하는 시간까지 더 한다면, 도대체 우리 인생은 식사하고 설거지하다가 끝나는 것이란 말인가?

칠십을 훨씬 넘어 아내와 단둘이 사는 요즈음, 아내는 늘 부엌에서 바쁘고 나는 늘 게으르게 소파에 앉아 TV를 본다. 달리 표현 한다면, 아내는 늘 살고 있고, 나는 늘 죽고 있는 것 같다. TV를 켰다 껐다 하는 것도 못 할 일이다. 설거지라도 하겠다고 하면 아내는 내게 뭐라 할까? 이제나저제나 말을 꺼내려고 아내의 눈치를 살피고 있는데, 니체 선생의 말이 생각났다. 권력의지Will to power! '모든 살아있는 것들이 가지고 있는 원초적 욕망이라고 한다. 남을 정복하여 스스로 강해지려는 의지라고 한다.' 두 사람 이상이 만나면, 권력의지가 충돌하게 되고 그 충돌의 결과로 서열이 매겨진다는 것이다. 노년의 부부가 사는 공간에서, '권력'은 총구에서 나오지 않고 부엌에서 나오는 것 같다. 인제 와서 부엌을 기웃거리는 할배들은 참 불쌍하다.

나와 아내는 얼마 전부터 점심 설거지를 내가 하는 것으로 합의를 보았다. 합의라기보다 내가 일자리를 구한 것이다. 물론 '니체' 선생의 권력

의지Will to power 게임에서 내가 밀렸다든가 하는 따위의 상상을 할 필요는 없다. 적어도 우리 노부부는 그런 게임을 초월한 지 오래되었다. 한 집에 둘이 사는데 한 사람이 요리하고 설거지까지 전부 도맡아 한다면, 아내는 자기의 이름값名分을 다함으로써 매일매일 사는 것처럼 사는 것 같았다. 아내에게 너무 많은 노동의 짐을 주는 것 같지만, 역설적으로 말한다면, 늘그막 인생의 삶을 아내만 홀로 살고 있다는 생각이 들기도 했다. 하루 세끼 식사하고 설거지하는 것이 우리의 삶의 거의 전부인 이상, 나도 설거지의 일부를 맡아 함으로서 나의 이름값名分을 찾고 싶었다. 아내와 노동을 나누고, 아내가 사는 노년의 삶을 나누어 갖고 싶어서 내가 자발적으로 점심 설거지를 맡겠다고 한 것이다.

처음엔 손에 물이 닿는 것이 아주 싫었는데 그것도 자주 해보니 이젠 어느 정도 익숙해졌다. 그릇에 기름기가 많이 끼어 있으면 세제로 닦아내고 수세미 비슷한 천으로 뽀드득 소리가 나도록 힘주어 닦아내어 흐르는 수돗물에 헹구어 물기가 잘 빠지도록 엎어 놓는 것이다. 그리고 싱크대 전체를 잘 정리하고 인덕션induction 주위에 얼룩진 오염을 깨끗이 닦아내고 행주를 비누칠해 빨아 널어놓으면 설거지는 끝난다. 설거지의 시작과 끝마침을 논리적으로 개념화하여 그 의미를 번잡하게 한다면, 설거지는 개념만 남고 실체를 잃어버릴 수도 있다. 설거지는 그저 실천하는 것이지 개념은 아무런 필요도 없다는 것을 설거지를 해 가면서 깨닫게 되었다.

조금 산만하고 복잡한 나의 뇌 구조는 설거지를 하는 동안에도 작동을 멈추지 않는다. 그릇을 닦으면서 내 몸을 닦고 있다고 생각할 때도 있다. 나의 중장년中壯年 시절, 판매 시즌이 되면, 외국 손님들 접대를 위해 거의 매일 밤 늦도록 술을 마시고 집에 들어갔다. 아이들은 잠들어 있고 아내만 앉아서 나를 기다린다. 술에 약한 나는 속이 거북해 씻지도 못한 채 그대로 누워 잔다. 그 이튿날 아침 일찍 출근하여 오전에 일을 보고 점심시간에 짬을 내어 사우나 탕에서 땀을 흘리며 몸을 씻고 나면 피로가 싹악 가신다. 내 몸을 그렇게 설거지해 놓고 나면, 그날 저녁에도 늘 그렇듯이 손님과 함께 밤늦도록 술을 마시고, 그 다음날 또 몸 설거지를 되풀이하는 반복적 과정에 익숙했던 시절도 있었다. 어째서 설거지를 하며 그때의 일을 생각하게 되었는지 잘 모를 일이지만, 결코 우연한 일은 아닌 것 같다.

설거지하면서 어느 때는 돌아가신 아버지를 생각한다. 사내가 되어 부엌 출입을 하면 집안의 수치인 것처럼 유교적 가풍家風이 몸에 배신 아버지는, 어처구니없는 표정으로 내게 이렇게 일갈一喝하실 거다. '못난 놈! 칠십을 훨씬 넘겨 살면서 겨우 한다는 게 설거지 질이냐?' 나는 설거지를 잠시 멈추고 아버지께 드릴 말씀을 생각해 보았다. 아버지! 저는 설거지를 하는 게 아니라 제 몸을 닦고 있는 것입니다. 인생의 제4막 커튼이 내려지기 전, 제 인생을 깨끗한 물로 구석구석 닦아 내고 맑은 물로 헹궈 내고 있는 것입니다. 노부부가 살고 있는, 저희 집안엔 권력의지權力意志의 충돌보다는 순수한 삶의 의지, 더 이상 생로병사生老病死를 슬퍼하지도 않고諦念, 이제는 그것을 사랑하기로 했습니다amor fati. 남편은 남편의 이름값을, 아내는 아내의 이름값을 다하라夫夫妻妻는 공자 선생의 말씀도 충실히 따르며 살고 있답니다.

코로나, 홀로 되는 길

세상이 코로나에 점령되어 2년째 접어들고 있다. 어쩌다 마스크를 깜빡 잊고 맨얼굴로 밖에 나갈라 치면, 뭔가 허전해서 아차 하며 다시 집으로 들어가 마스크를 꺼내 쓴다. 이렇게 해야 제대로 외출 준비가 완료 되는 것이다. 젊은 시절 회사에 다닐 때 하얀 와이셔츠에 타이를 매고 회사에 출근해야 했듯이, 요즈음 마스크는 우리에게 없어서는 안 될 제복 같은 것이 되어 버렸다.

두 눈만 남기고 얼굴의 대부분을 가린 채 서로 마주 보면, 자주 만나는 사람 아니면 그가 누구인지 가늠하기가 어렵다. 얼굴의 반 이상을 가린 채 사람을 만나게 되면, 이목구비耳目口鼻 중 눈目밖에 볼 수 없다. 양옆에 귀가 달려 있지만, 관상쟁이가 아닌 다음에는 귀를 유심히 보는 사람은 드물 것이다. 왜 그럴까? 눈은 웃을 수 있고 성낼 수 있으나, 귀는 그렇지 못하기 때문일 거다. 은행이나 백화점의 여직원들이 하얀 마스크를 쓰고 있는 것을 보면, 그들의 눈은 웃고 있어서 그런지 누구나 아름답다. 특히 여자들은 눈 화장을 예쁘게 하고 있어서, 더욱 아름답게 보이는 것 같다.

얼마 전 삼성병원에서 수술을 받기 위해 휠체어에 앉아 대기 하던 중, 연두색 가운과 헤어캡을 쓰고 마스크를 한 간호사가 내게 다가왔다. 수술 전 몇 가지 확인하기 위해 내게 질문을 했는데, 초조 불안했던 나는 초등학생이 선생님께 대답하듯이 또박또박 대답을 했다. '참 잘했어요. 마음을 편히 가지세요.' 오랜만에 칭찬을 받은 나는 간호사에게 모든 것을 맡기고 싶어졌고, 마취약이 전신에 퍼지면서 무의식의 블랙홀로 빠져 들어갔다. 수호천사와 같이, 나의 어머니같이, 내 아내와 같이, 미소짓던 그녀의 예쁜 눈을 지금도 잊을 수가 없다.

요즈음 코로나 시대의 삶은 한마디로 말해 고립의 삶인 것 같다. 관계와 만남의 삶이 망그러져 나의 공간적 경험은 최소한으로 좁혀졌고, 사회생활을 거의 잃은 채 아내와 둘이서 같은 공간에 갇혀 새로운 질서에 고립 되어 있는 것이다. 그것은 마치 절해고도에 표류된 두 사람이 사냥하고 먹고 자는 것처럼 똑같은 행위를 반복적으로 되풀이 하고 있는 것이다. 그래서일까? 어제 일어났던 일, 일주일 전에 일어났던 일, 그리고 한 달 전의 일이 구별 되지 않는다. 마치 비행기를 타고 이륙한지 얼마 지나, 3만 피트 이상 상공에 오르면 비행기가 가는 건지 서 있는 건지 분간이 안 될 때가 있는 것처럼, 나의 일상 역시 가고 있는 건지 서 있는 건지 알 수가 없다. 우리 본래의 삶이 어떤 공간으로부터 다른 공간으로 쉼 없이 이동함을 되풀이 하고 있는 것인 데도 말이다.

어느 학자는 '현대인은 관계 과잉의 삶을 살아가고 있다.'고 말한다. 현대인들은 외로움을 참지 못해 자꾸만 관계를 만들어 가기도 하지만, 관계 속에서 자기의 정체성을 확보하기 위해 관계를 확장시켜 나간다. 역사라는 것이 공간 기억을 적어 내려간 것이라고 한다면, 요즈음 내 일상의 공간 경험은 아내와 둘이서 살고 있는 집안과, 두어 시간씩 운동 삼아 다녀오는 신대호수뿐이다. 나의 일상은 아내와의 관계가 거의 전부일 정도로 아주 단순해졌다. 아내가 장 보러 나가면 따라 가서 짐을 들어 주고, 조금 멀리 나가면 차를 몰아 데려다 주는, 아내와의 관계 속에서 나의 정체성을 찾을 수밖에 없게 되었다.

몇 달 전부터 설거지를 맡아 하다가, 점심 식사 요리도 내가 맡기로 한 지 한 달이 넘었다. 우리 집은 점심으로 으레 국수류를 먹어 왔는데, 인터넷을 보며 면류麵類 몇 가지에 대해 집중적으로 요리 연습을 해 두었다. 짜장면, 스파게티, 자루소바, 자루멘, 칼국수 등이 나의 쿠킹 메뉴이다. 무엇보다 즐거운 것은 집사람이 내가 만든 요리를 맛있게 잘 먹어 주는 것이다. 오전 11시부터 무얼 먹을까 아내와 상의를 하고, 메뉴가 결정되면 재료 준비를 하여 종류 별로 그릇에 담아 둔다. 순서 별로 후라이팬에 투여하고, 다른 한편으로 면을 종류별로 선택하여 삶는다. 양념과 삶아진 면을 접시에 담아 식탁에 내어 놓으면, 식사준비 끝냈다고 아내를 부른다. 식사를 끝낸 후, 설거지 까지 끝내면, 오후 2시가 거의 되고, 두어 시간 산보를 하고 나면, 나의 일상은 끝난다.

코로나가 오기 전, 고립은 우리를 외롭게 하고 그것을 참지 못하게 했다. 그래서 우리는 늘 모여서 일하고 쉬고 먹고 마시며, 함께 살아왔다. 반세기 이상을 관계 과잉 속에서 살아온 우리는 앞만 보고 달리다 보니 뒤를 돌아볼 겨를이 없었다. 오히려 관계를 많이 쌓아온 사람 순서대로 성공을 나누며, 실패한 자들을 도지 볼dodge ball 라인 밖으로 밀어내곤 했다. 나의 정체성은 수많은 관계 속에서 이름지어졌고, 관계를 떠나서 단 하루도 숨 쉴 수 없었기 때문에, 관계의 사슬에 묶여 있었어도 나는 그것을 자랑스러워했지, 불행하거나 슬퍼하지 않았다. 성공한 자들 스스로 명령하기를 '뒤 돌아 보지마라. 독일 병정처럼 앞만 보고 달릴 뿐이다.'

그 동안 나를 스쳐간 사람들은 셀 수 없을 만큼 너무 많아서, 지금 내 곁에는 거의 남아 있지 않다는 역설을 코로나가 내게 가르쳐 주었고, 내가 숨을 거둘 때, 곁에 남아 작별해 줄 사람은 아내 밖에 없다는 사실도 새삼 깨닫게 해주었다. 코로나는 내게 앞만 보지 말고, 멈추어 서서 뒤를 돌아보라고 가르친다. '뒤 돌아 보면, 그곳에 홀로 벌거벗은 채 불안하게 서 있는 네가 보일 것이다.' 동무 없인 식사를 못하고 동무 없인 산보를 할 수 없었던 나는 주위에 누구 없어도, 홀로 식사를 할 수도 있고, 홀로 호숫가를 산보 할 수도 있게 되었다. 싯다르타가 그의 동무 다섯 명으로 부터 홀로 되어 중도中道의 길을 찾았듯이, 나도 홀로 되어 나의 중도의 길을 가리라. 교향곡 6번 〈비창悲愴〉 제4악장, '불꽃이 사위어 가는 소리'가 방 안을 흐르고 있는데, 코로나는 내게 '홀로 되는 법'의 마지막 강講을 가르친다. '아내를 두고 홀로 떠나는 길과 아내를 보내고 홀로 남는 길에 대하여.'

윤문순

발끝에 떨어진 작은 파편들이 모아져

한 편의 시가 되는 시간

소소한 일상에서 찾은 기쁨에 오늘도 가슴 설렌다.

시

소나기
익어간다
돌맹이
빨래
거듭나기

약력

대전 출생. 계간『문파』시 등단 (2020). 시계문학회, 문파문학회 회원.
저서 : 공저『오래된 젊음』

소나기

우렛소리 가까워지고 순식간에 물든 어둠
거침없이 달려오는 다급한 발자국 쏜살같이 지나가면
빨랫줄에 젖은 옷이 내 어깨에 걸리고
얼룩말 같은 하얀 신발이 무겁다

처마 밑 웅크린 발등 사이 작은 시간이 흐르고
파란 바다에서 하얀빛 쏟아지면
뿌연 산은 성큼 다가오고
고개 숙인 풀들이 파랗게 웃는다

삶이, 때로는
산기슭에 그림자 스며들듯 어둠이 찾아와 아프게 하고
끝이 보이지 않은 안개 속
가파른 길 끝에서 헤매기도 했지만
오르고 또, 오르다 보니 굽어진 세월이 흔적
흐르는 땀방울에 불어온 한 줄기 바람

한여름 소나기 지나가고
지금 여기에 서 있다

익어간다

가스렌인지 위에 고구마가 새까맣다
코미디 프로에 하하 웃다가 집안에 연기만 가득하다

'그거' '저기 있잖아'
서로의 머리를 맞대야 한 자씩 한 자씩 완성되어가는 낱말
단어 하나 입 밖으로 나오는 데 천년이다

기억은 풍선에 바람 빠지듯 점점 작아지고
잊지 말아야 할 것이 잊혀져 간다

때로는 답답하고 서글프지만
그래도 함께 입 맞추어줄 친구 있어 웃는다

길가에 피어 있는 작은 풀꽃들이 눈에 들어오고
무심히 바라보는 산자락이 희미해지면
잃 어 버 리 고, 잊 어 가 는 지금
마음은 깊어지고 내 안에 온전함을 받아들이는 시간이다

그렇게 나이 든다는 것은

나를 비워가는 것인지도 모른다

5월 햇살 한가득 살며시 눈 감으면
아카시아 꽃내음 코끝을 스치고
입가엔 반달이 뜬다

돌멩이

흰 파도가 씻기고 간 자리
작은 존재 하나

어느 산기슭 씨앗 하나 날아와 숨죽이다
바위틈에 뿌리박은 생명의 힘에
떨어진 커다란 무게 하나

한여름 장대비에 흠뻑 두들겨 맞고
천둥 같은 소리에 놀라 흙탕물 속 이리저리 구르다 부딪혀
부서지고 멍든 몸 이끌며 먼 거리를 달려왔다

붉은 살갗 베일 듯한 날카롭던 모서리는
흐르는 물에 씻기고 시간의 강을 지나
동그랗고 빛나는 작은 꽃 한 송이
여기에 머무는지 모른다

지금은 잔잔한 파도에 흔들리며
내 몸 온전히 내어주며
도르르 도르르 나의 노래를 부른다

빨래

휘청이는 발걸음
머리를 짓누르는 바구니를 내리고
잿빛으로 물드는 하늘을 본다

살갗이 보일 것 같이 풀어진 실밥
까만 옷깃, 얼룩진 소매 가득한 바구니 속

아픔은 도둑의 발걸음같이 스며들어
짙은 어둠을 펼치고
팽팽히 당겨진 화살처럼
마음은 소용돌이, 어지럽다

탁 탁 탁!

손톱 밑 까맣게 붙는 삶의 무게
하나하나 벗겨내며 숨 한번 고르고
새하얀 옷들이 바구니에 담긴다

여인은 오늘도 빨래를 한다

거듭나기

난 오래전에 태어났다

끝없이 넓은 벌판 한겨울 눈설레
가는 걸음 위로 붉은 꽃송이 찍으며 오가기를 몇 해
먼지 풀풀 날리는 벽장 속에 묻혀있던 오래된 조각 모아
문살에 들여오는 빛을 따라 입안 가득 품어낸 소리로
세상에 나온 빛이다

하늘이 품은 뜻으로 아끼는 마음에서 태어났으나
세상에 드러내지 못해 감춰졌고
오래도록 업신여겨 안방 장롱 속에 숨었다
어릿광대들의 발끝에 이리저리 치이다
초라한 돌담 밑에 아무도 모르게 버려지기도 했다

서로 다른 내가 만나 더하기 빼기를 거듭하며
햇살 가득한 울타리에 꽃을 피우는 집을 짓기도 하고 아궁이 속 빨갛게 빛나는 열기로 꽁꽁 언 두 손을 녹이는 따뜻함이, 때론 뱀의 혀가 구불구불 지나 차가운 안개 피어나면 마음에 가시가 돋는다

작은 몸 부딪치며 살아온 지난날

이제 난,
내가 만드는 자그마한 세상에서
어두운 방을 환하게 비추는 등불처럼
너에게 빛으로 쓰이고 싶다

김미자

어제는 온종일 비가 왔다. 하염없이 빗속에 떨고
서 있었다.가을에서 겨울로 가는 이때가 참 힘들다.
계절이 바뀌는 것에 무심하려고 하지만 잘 안된다.
내일은 쾌청한 맑음이 찾아올 것이란 희망을 가지고
서툰 글쓰기에 도전한다.

수필

귀중품
자식
자식 2

약력

경북 예천 출생. 시계문학회원.

귀중품

얼마 전 살던 곳에서 조금 떨어진 동네로 이사를 하게 되었다. 그 와중에 예기치 못한 일이 생겼다. 몇 가지 물건을 잃어 버렸는데, 그 과정이 조금 어이없고 황당했다. 살면서 누구나 한 번쯤 당했을, 아니 한 번도 경험치 못한 사람도 있을 수 있겠지만 유난스럽게 자주 이런 일이 생기니 참 답답하다. 특별나게 칠칠찮고 다른 사람들보다 매사 허술해서 그런 건지 원하지 않는 도난이 따라다니는 것이 기분 좋은 일은 아닌 것 같다.

이삿짐 업체에서 온 팀장이라고 하는 이는 40대 초반으로 보이는 중국인이었다. 흔히 알고 있는 조선족이 아닌, 중국 국적의 유난스럽게 상냥한 사람이었다. 한국에 온 지 십수 년 되었고 어눌한 말투만 아니면 외국인같이 보이지 않는 사람이었다. 팀장은 내게 볼일이 있어 온 부동산 사장님과 쉴 새 없이 수다를 떨면서, 미소 띤 얼굴로 귀중품 잘 치우셨냐고 여러 번 물었다. 물론 잘 챙겼노라고 확실하게 대답해주었다. 무릇 귀중품이라고 함은 현금과 패물이라고 생각했던 나는 집에 있던 얼마 간의 지폐와 금붙이들을 잘 싸서 가슴에 꼭 끌어안고 있었음은 물론이다.

분주하게 이삿짐을 포장하고 있는 거실에 서 있는데 아들이 커피숍으로 데려다주었다. 먼지 속에 서 있지 말고 편안하게 커피 마시고 계시라고 하면서. 엄마가 거기 있는 게 아무 도움이 안 된다고, 별로 시장하지도 않은데 이것저것 주문해 주었다. 아들과 며느리는 이사 절차 때문에 바쁘게 오갔던 것 같다. 우리 세 식구가 다 현장을 비웠지만, 그렇다고

의뢰받은 이삿짐을 꾸리면서 남의 물건에 손을 댈 거라고는 조금의 의심도 하지 않았다. 옮겨 갈 집의 인테리어 마감이 늦어지는 바람에 이사 당일 아침에 입주 청소를 하는 상황이었고 따라서 조금 늦게 이사가 이뤄졌다. 우여곡절 끝에 그래도 예정된 날짜에 가게 되니 다행이다 싶어서 젊은 사람들이 대부분인 동네 카페에서 브런치를 즐기면서 조금 기분이 좋기도 했다.

정들었던 곳을 뒤로하고 새로운 거처로 둥지를 옮기는 과정은 생각보다 간단하고 빠르게 진행되고 깔끔하게 끝났다. 예전과 달리 전문가의 손을 빌려 행해지는 이사는 그냥 돈 가방만 챙기고 왔다 갔다 하면 되는 일이라서, 자던 이부자리만 정리하고 뒤를 맡기고 나와 있었다. 이사한 다음 날 없어진 물건을 발견할 때까지는 편리한 세상이라고, 제자리에 잘 옮겨진 살림살이를 보고는 나를 대신해서 수고해준 이사 업체에 고맙기까지 했다. 아들 내외가 돌아간 뒤, 조용하고 적막한 집에 혼자 남겨졌다.

드레스룸의 정리함 서랍을 여는 순간 뭔가 허전하고 휑한 느낌, 정신을 차리고 자세히 보니 없어진 게 눈에 들어왔다. 처음엔 당연히 여기저기 있을 만한 곳을 찾아보고 어디 따로 치웠나 하고 내 기억력을 의심도 했다. 아무리 찾아도 없어진 것들은 나오지 않고, 집안 곳곳의 구석들을 쑤시고 들치느라 온종일을 허비했다. 친정엄마 몫으로 준비해둔 화장품 꾸러미와 당장 쓰지 않는 여분의 화장품이 좀 많았다. 개봉하지 않은 새 물건들과 액세서리 통이 없어졌다. 택배로 보낼까 하다가 이사해놓고 홀가분하게 가서 며칠 쉬어 올 생각으로 남겨둔 어머니의 화장품 꾸러미였다.

이삿짐 업체에서 귀중품 챙기라고 말했었지만 그 얘기가 일상용품까지 따로 치우라는 말인 줄 몰랐다. 액세서리 통은 머리핀이나 펜던트, 큐빅으로 만든 반지, 모조품 진주목걸이 등을 넣어 둔 것으로 며느리가 시집올 때 예단비를 담아온, 비단으로 만든 예쁜 상자다. 진품 보석이 아니기에 귀중품이라 생각하지 않았고 치울 생각을 못 한 것 같다. 돌이켜 생각해보면 젊은 시절 박봉의 남편이 결혼기념일 같은 날 하나둘 사다 준 액세서리도 있었지만, 진품이 아니고 갖다 팔아봐야 돈이 안 되는 것이라 대충 내버려 두고 소홀하게 다룬 것이다. 즉각 이삿짐 업체에 따지게 되었다. 처음엔 상냥한 말투로 잘 찾아보라고 했으나 결국엔 오리발 내밀며 고소하려면 하고 맘대로 하라고 한다. 요즘 보기 드물게 친절하고 싹싹한 사람이라고, 감동까지는 아니어도 후한 평가를 했던 우리는 너무나 놀랐다. 갑자기 태도가 돌변한 팀장의 민낯을 본 순간 어떤 모습이 진실인지 당혹스럽기만 했다.

젊은 시절에도 몇 번 도난을 당한 적이 있었다. 신혼 때 방 두 칸짜리 전세를 사는데 주인집 아주머니는 매일 집을 비웠고, 혼자인 나는 아는 사람 하나 없는 낯선 객지에서 외롭고 무료한 나날을 보내느라고 힘들 때였다. 벚꽃이 만발한 봄날이었다. 남편 출근 후 주인집 아주머니도 나간 뒤, 우두커니 마당에 나와 있다가 누가 부르는 듯이 밖으로 나가고 말았다. 집 앞에서 무작정 버스를 타고 종점까지 갔다 오기를 되풀이했다. 차창 밖으로나마 봄날을 맘껏 즐기고 돌아온 나를 맞은 것은 엉망으로 들쑤셔진 집안 풍경이었다.

즉흥적으로 봄나들이를 하고 온 내가 얻은 대가는 조금 씁쓸하고 손해도 컸다. 결혼예물인 남편의 시계, 당시 조금 무리해서 마련한 고가의 시계였다. 말단 공무원 신분이라 주위의 눈 때문에 차고 다니지 못하고 고이 모셔 두었는데 없어졌다. 별로 크진 않지만 다이아몬드가 박힌 나의 결혼반지도 당연히 같이 사라졌다. 결혼반지와 시계를 도둑맞은 후 같은 집에 한 번 더 도둑이 들어 TV를 잃기도 했다. 컬러 TV가 막 나왔던 때라 대부분 가정에서는 흑백 TV를 볼 때인데 혼수로 장만해온 컬러 TV가 손을 탄 것이었다. 그 뒤 무서워서 대출까지 받아 아파트로 이사를 했지만 1층이라서 그랬었는지 두어 번 더 도난을 당했다. 자주 그런 일을 겪는 것은 무언가 내게 부족함이 있어서 일지도 모르겠다.

잃어버린 것들에 대한 미련을 버릴 수 없어 여기저기 알아봤지만 아무 해결 방법이 없다는 것을 알고는 실망과 아쉬움에 속이 탔다. 도난 사건 후에 듣게 된 친구들의 얘기로는 이사 과정에 종종 그런 사례가 있다고 한다. 명품 지갑이나 벨트 따위가 분실되기도 해서 따로 잘 치워야 한다는데 사전 정보가 없었다. 쓰리던 속이 조금 가라앉은 건 이사 후 열흘쯤 지나서이다. 분해서 치밀어 오르던 화가 식어 평온을 찾고 나니 비로소 반성과 성찰의 시간이 찾아왔다. 귀중품이라는 게 결코 돈과 금붙이 따위가 전부는 아니었다는 깨달음이다. 이제는 아무리 애를 써도 알콩달콩 젊은 시절의 추억이 깃든 큐빅 반지나 모조품 진주목걸이는 가질 수 없다는 걸 알게 됐다.

결혼반지를 잃고 나서 허전한 마음 때문에 그랬는지, 비슷하긴 해도 진품일 리가 없는 반짝이는 것들을 사려고 남편과 돌아다니던 시절이 있었다. 가난했던 우리는 갖가지 모조 보석을 하나, 둘 사러 다니며 시장이나 길거리 음식에도 맛있다고 행복했었다. 동료들과 술 한잔하고 오는 날은 영락없이 남편 손에 쥐여 있었던 액세서리들, 쑥스럽게 건네며 훗날 진짜를 사 줄 수 있을 것이란 희망도 따라 왔었다. 이제는 다시 올 수 없는 젊은 시절의 기억, 아무리 많은 돈을 줘도 살 수 없는 귀중품이었지만 가치를 몰랐다.

아들은 엄마 혼자 사는 걸 알고 있을 이삿짐 사람들이 무슨 짓을 할지 불안하다고 한다. 문제 삼지 말고 금전적인 손해는 그만 포기하고 덮으라고 했다. 처음엔 안 된다고 펄쩍 뛰기도 했다. 여기저기 항의하기도 했지만, 아들의 말에 따르기로 한 것은 여러 이유 중에서도 단연 세월이 약이라서이다. 하루하루 지나니 분했던 마음이 무디어지기도 하고 돌아오지 않을 것에 대한 미련은 하루빨리 단념하는 게 정신 건강에도 좋을 듯하다. 포기하고 나니 그토록 무겁던 마음이 가벼워졌다. 놓아야 할 것은 한시바삐 놔 버리자. 마침 오늘 햇살은 수십 년 전 결혼예물을 잃어버렸던 그날처럼 아름다운 봄날의 눈부심으로 밖으로 나오라고 유혹한다. 내 마음은 수십 년 전의 젊은 시절로 한달음에 달려간다.

자식 子息

평균 수명이 늘어나서 백 세를 누리는 사람들을 어렵지 않게 보게 된 요즘이다. 그런 계산으로 보자면 인생 3분의 1을 누구의 자식으로만 살아오다가 40여 년 전에 아들을 낳아 부모라는 이름을 갖게 되었다. 별다른 준비가 없었다고 고백하는 것은 자식을 얻기 1년 전까지만 해도 결혼 계획조차 없었으니 이렇게 말하는 것에 무리가 없을 듯하다. 유년시절에 동네를 휩쓴 전염병으로 장애를 갖게 되었고 그래서인지 철들면서 독신으로 살겠다고 결심했다. 부모님도 자식의 의중을 아셨는지는 알 수 없으나 별로 결혼에 대한 언급은 없었으므로 은연중 우리 집에서 내 결혼 얘기는 거론치 않는 분위기였다. 자연스럽게 비혼주의자로 살고 있다가 조금은 속성으로 결혼하고 부모가 되기까지의 일들이 어쩌면 운명이었다고 해도 무방할 듯하다.

신작로 하나를 사이에 두고 같은 해에 앞서거니 뒤서거니 태어나서 나란히 학교에 입학하고 어른이 된, 너무 뻔히 잘 아는 이웃사촌인 남편을 배우자감으로 생각해 본 적은 한 번도 없었다. 비혼주의자가 아니었다 해도 마찬가지였을 것이다. 우리는 성장해서 각자 도시로 나가게 되었고 명절에 고향에서나 동창 모임 같을 때 간혹 보게 되었다. 만날 때 웃어주는 그 미소와 친절에 특별한 의미를 부여하기엔 우리 사이가 조금의 신비감도 없는 그저 고향 친구 이상의 아무것이 아니었기 때문이다. 어느 날 갑자기 속마음을 털어놓은 남편의 고백이 있기 전까지는 생각도 못 했던, 결혼하고 자식을 낳을 것이라는 내 인생계획엔 없던 일이 이뤄진 것이다.

느닷없는 청혼을 받아들이기까지 마음에 없던, 그저 친구였던 남자에게 단박에 사랑이 솟구친 것은 아니었다. 나중에 알게 된 사실은 남편이 어느 날 갑자기 나와 결혼하겠다고 한 것은 아니었고 수년 전에 우리 엄마를 찾아와서 교제하고 싶다고 했었으나 허락지 않았다고 한다. 본인이 결혼 생각이 없고 당신도 딸의 결혼을 원하지 않으니 이웃 간에 곤란한 일은 만들지 말라고 단호하게 거절했다고 한다. 당시 엄마에게 비친 나의 독신주의자인 듯한 모습은 진심이 아니었다는 걸 알게 된 일이 있었다. 친하게 지내던 몇 명의 친구 중 유독 한 몸처럼 붙어 지내던 K의 결혼과 출산이, 엄마가 딸에게 가지고 있던 관점을 바꾸는 계기가 되었던 것 같다.

얼마든지 혼자서도 잘 살 것처럼 보이던 딸이 미혼 친구로는 마지막으로 남아 있던 K의 결혼 이후 히스테리가 늘었고 눈에 띄게 태도의 변화가 있었다고 한다. 지내놓고 보니 민망한 일이었다. 아기를 낳아 친정에 와 있던 친구의 행복한 모습을 보고 딸이 나타낸 태도는 급기야 수년 전의 옆집 총각이 떠올랐지만, 안타깝게도 이웃이었던 그 집이 벌써 다른 도시로 이사를 간 후였었다. 엄마는 수사력을 총동원해서 근황을 알아내고 말았다니 참 뜨거운 모성의 승리였다. 당시 인천시 공무원에 막 임용되어 소래포구 동사무소 말단 주사보였던 남편을 서울에서 대학 다니던 내 남동생이 방문해서 엄마의 중요한 용건을 전달한다. 아직도 내 딸을 향한 마음에 변함이 없거든 내려와 봐라. 그 한마디에 지체 않고 엄마 앞에 나타났고 나도 모르게 진행된 두 사람의 만남이 지금 엄마로 사는 내 인생의 출발점이 되었다.

직장이 있으니 밥은 안 굶기겠고, 시댁 밑천이야 더 알아볼 것도 없고 총각 심성이 순하고 착하니 더 뭘 바랄 것이냐 하시는 것으로 은근히 내 의중을 탐색하며 시집가라고 압박했다. 못 이기는 척 남편을 받아들인 것은 별로 싫지 않았던 그동안의 감정이 있었다. 이성으로서의 느낌은 아니었지만, 그냥 무던한 친구로서 별다른 거부감은 없었다는 게 맞는 표현이리라. 몇 가지 난관이 있기도 했고 포기할까 하는 변덕도 찾아 왔으나 남편의 확고한 의지와 엄마의 보이지 않는 작전이 조화를 이루면서 결혼은 성사되었다. 동생이 처음 남편을 만나러 갔던 것이 한 해가 저물어가던 초겨울이었는데 다음 해 시월에 나는 자식을 품에 안은 엄마가 되었다. 후일담인데 동생이 찾아갔던 날 남편은 동사무소 앞 우체국에 근무하는 아가씨와 데이트 약속이 있었던 모양이다. 동장님의 소개로 세 번 정도 만난 상태였으며 서로 호감도 있었다니, 동생의 방문이 조금만 늦었더라면 어떻게 되었을지, 지금의 아들을 만나지 못하고 평생 독신으로 살았을지도 모른다.

서른이 다 되어 자식을 본 기쁨이나 감격보다 현실적으로 어려움이 먼저 찾아 왔다. 핸드폰이 없던 그 시절에 사무실로 전화하여 남편을 불러내는 일이 빈번했다. 주로 예방 접종이나 갑자기 아들이 아프기라도 하면 윗사람 눈치 보며 나와야 하는 진땀 나는 어려움이 있었다. 건강하고 활발해서 많이 움직이는 아이를 따라다니며 힘겨워 할 무렵이었다. 손자를 그윽한 눈길로 보고 있던 친정어머니가 혼자 말로 '잘했다, 고맙다' 하시던 걸 본적이 있다. 누구를 향한 말인지 딱히 알 수는 없었으나 당신 자식에게 자식이 있어 다행이라는 표현인 줄은 알 것 같았다.

결혼 5년을 넘긴 아들에게 아직 자식이 없다. 일각이 여삼추같이 손주 기다리는 나와 달리 별로 서두르지 않는 아들 며느리를 보면서 안타깝고 속이 탄다. 물론 지금은 사람들의 사고방식도 많이 달라졌고 자식이 없이도 얼마든지 행복하게 사는 부부도 본다. 옛날처럼 자식을 덕 보려고 낳는 사람은 없을 것이다. 자식이 부모에게 하는 효도는 유년기를 지나는 동안에 다 했다고 한다. 온갖 재롱과 귀여움을 선물해 준 자식에게 더 이상의 무엇을 바라랴.

자식을 낳아서 키우는 과정에 힘든 시간도 있었으나 지나고 보니 그것조차 달콤한 추억으로 그리워진다. 가슴 뛰는 설렘 없이 무덤덤하게 시작한 결혼이었으나 자식이 생기면서 말로는 표현할 길 없는 신뢰와 깊은사랑을 가지게 되었다. 남녀 사이의 사랑이 뜨겁고 격렬하다지만 못지않게 고운 애정으로 살았다. 아들이 귀하고 소중한 만큼 남편을 존중했고 남편 역시 오랜 시간을 마음에 품고 사모했으며 결혼하자 바로 자식을 낳아 준 나를 많이 사랑해줬다. 한 번도 자식을 낳은 것을 후회해보지 않았고 어떤 경우에도 '내가 널 어떻게 키웠는데' 하는 말을 해 본 적도 없다. 부족하지만 어미로서 최선을 다했고 고맙게도 잘 성장해준 아들에게 넘치는 효도도 받고 있다.

성경에서는 자식을 여호와의 기업이며 태의 열매는 그의 상급이라 했다. '젊은 자의 자식은 장사의 수중의 화살과 같고 전통에 가득한 자는 복되고 원수와 말할 때 수치를 당치 않는다'고 썼다. 전통에 가득까지는 욕심일지 모르나 꼭 필요할 때 요긴하게 쓰임 받는 한두 개의 화살은 가져도 좋지 않을까? 올해는 어떻게든 노력해 볼 거니까 걱정하지 말라고 하니 희망을 품어도 될지 모르겠다. 아들이 자식을 키우면서 내가 누린 벅찬 행복을 느끼는 인생이길 간절히 바라보면서 이러는 내가 너무 옛날사람인가 싶기도 하다. 누가 나를 시대에 뒤떨어지는 답답한 어미라고 해도 좋다. 아들에게 자식을 주십사는 기도를 그치지 않을 작정이다. 어버이날을 맞아 방문하겠다는 아들의 전화가 왔다. 그 앞에 있는 어린이날, 손자에게 한 아름의 선물을 안기는 할머니 좀 만들어주라 하고 싶으나 그 말은 억지로 꿀꺽 삼킨다. 같은 말을 자꾸 하면 효과가 떨어진다는 것쯤은 알고 있으며 아직은 그 정도의 늙은이로 보이긴 싫기 때문이다.

자식 2

가슴 벅찬 놀라운 일이 일어났다. 오랜 시간을 기다리고 소망했었기에 선뜻 믿기지 않아 몇 번을 확인하고 또 확인했다. 결혼 5년을 훌쩍 넘긴 아들에게 후사가 없어 근심 중의 근심이요, 오매불망 소원이었던 손자가 생겼다는 소식을 접하게 된 것이다. 작년 이때쯤 좋지 않은 일이 있었기에 물어보기조차 조심스러워 눈치만 보고 있었다. 첫아이는 종종 그렇게 되는 수가 있지만, 곧 건강한 아이가 들어설 것이라고 다들 위로했으나 아들 내외 못지않게 나의 상실감과 실망이 컸던 것 같다. 지금 시대에 핏줄 타령하는 것이 우스운 일일 수 있겠지만 손이 귀한 집안에 기다리던 장손의 소식은 그 자체로 축제요 복음 같은 희소식이다.

자연스럽게 먼저 간 남편 생각에 뜨거운 눈물을 쏟고 만다. 유난스럽게도 어린애들을 귀여워하던 사람이었는데 정작 당신의 손孫은 보지 못한 것이 안타깝다. 아들이 결혼한 직후 서둘러 자식을 가지라고 하고 싶었으나, 자기들 계획대로 천천히 낳는다는 아들과 며느리의 뜻을 말릴 수는 없었다. 통상적인 기준으로 봤을 때 우리 부부와 자식들의 나이가 그렇게 압박할 정도는 아니었고, 한창 사업적으로 바쁘고 중요한 때라는 아들의 의견을 존중한 측면도 있었다.

인생이 뜻한 대로 풀리면 무슨 걱정이 있을까? 남편은 예기치 않게 조금 이른 나이에 하나님의 부르심을 받아 우리 모자의 곁을 떠나고 말았다. 안타깝고 슬픈 일이지만 후회해본들 돌이키지는 못하니 지금의 기쁜

소식 앞에 더 마음이 아프다. 명절이나 무슨 행사로 가족이 모이는 때가 있었다. 동생들이나 조카들이 갓난아기를 안고 있는 것을 부럽게 쳐다보던 남편의 얼굴이 떠오른다. 아들에게 말은 안 해도 속마음이 어떻다는 것을 모르지 않았던 그때의 내 조바심도 생각난다

연일정씨延日鄭氏 또는 영일迎日로 표기하기도 하는, 31세世손인 아들은 기다리는 아비의 마음을 외면하고 세상 사는 일에만 골몰했다. 포은 정몽주의 후손임을 늘 자랑으로 알고 살던 사람이 그토록 소망했던 연일정씨 포은공파圃隱公波 32세손世孫의 탄생을 못 보고 가버렸으니 아들도 아쉬움이 클 것이다. 이제 자식을 잉태하고 나니 조상이 궁금해진 모양이다. 한 번도 물어보지 않던 할아버지 얘길 꺼낸다. 일찍 타계해서 본적이 없는 조부가 어떤 사람이었는지 알고 싶다고 한다. 결혼 전에 이미 세상에 없던 시아버지이기에 나도 아는 게 없기는 마찬가지이다. 겉모습이나 세상 평판이야 같은 고향 어른이었으니 대충 알지만 직접 겪어본 적은 없으니 내면의 인품이나 됨됨이를 말해 줄 게 없다. 남편이 살아있었다면 많은 얘기를 들려줄 수 있었을 것이다. 이런 일이 앞으로 더욱 많아질 것인데 생각하면 안타까움만 더 한다.

관심도 없던 역사책을 펼쳐서 고려 말기의 충신 정몽주를 찾아보기도 하고 태어날 아기의 이름을 무엇으로 지을까로 들떠있다. 아들도 새로운 생명에 대한 기대와 설렘을 감추지 않는다. 한 세대가 가고 새로운 세대가 온다. 뭔가 숙제를 끝낸 것 같은 개운함을 맛보는 요즘이다. 수염 허옇게 기른 친척 어른들이나 종친들의 걱정을 덜어주어서 다행인 것도 있지만 단순하게 자식 낳아 키우는 보람과 즐거움을 알게 해주고 싶은

어미의 마음이 행복하다. 한 사람이 빠진 자리에 선물로 오는 새 인물에 대한 기대로 나날이 기쁘다. 성경에서 축복했듯 여호와의 기업인 자식, 태의 열매인 자식을 상급으로 받으니 감사가 넘친다. 언제나 그렇듯 오늘도 내 기도는 '잔이 넘치나이다' 하는 것으로 끝을 맺는다.

김선수

이렇게 길어질 줄 몰랐던 팬데믹의 시간들을
헛되이 보내지 않으려 애써왔다.
누구라도 한 줄 시 구절에 고개를 끄덕인다면
읽는 이도, 쓰는 이도,
위로 받을 수 있는 것이 시이고
그것이 글의 힘이다.

시

축
밥 1
돋보기

수필

어차피 한 번 보고 말 사람
여름이 온다

약력

시계문학회, 아주문학회원.

쑥

소피를 참지 못해 풀숲으로
들어간 노모
물속처럼 잠잠하여 들여다보니
노모는 간데없고
흰 뿔이 가득 자란 사슴 한 마리가
쑥을 뜯고 있습니다

어느 원시의 들판이
그녀를 채집 생활로 이끌었는지
열어지는 기억의 밭고랑 사이
흙 위에 엎드려
저리 봄을 캐고 있습니다

고요하고 쓸쓸한,
그녀의 달팽이관에 미끄러지듯
가만히 곁에 쪼그려 앉습니다
아무래도 내일은
쑥버무리를 먹겠습니다

밥 1

무릎이 꺾일 만큼 고단한 하루 끝에
집으로 가는 헛헛한 골목
어느 집 담벼락 너머
익숙한 냄새가 퍼진다

질긴 껍질 속 숨은 속살이
손톱 끝에 옷 벗는 소리 들리고
아기 손바닥 닮은 잎을 조물거리면
흘러나온 푸른 즙이 보리새우를 끌어안는
아욱 된장국

더러 무심하게 평상에 누워 뒹굴다가
하늘빛에 스르르 잠들고 싶은 날이 많았다

설핏 찬 기운에 눈을 뜨면
어느덧 저만치 해가 기울고
저녁밥을 먹으러
신발을 꺾어 신고 마당을 지나는 풍경

어머니 젖줄 같은 국물에 뜨거운 밥을 말아

입안 가득 한술 뜨는 상상으로
발걸음 옮길 기운을 얻고

제 몸 으깨어 누군가를 먹여 살리는 일은
꿈쩍 않는 바위처럼 엄숙하다

돋보기

흐릿한 눈으로

공들여 입김 불며

둥근 유리알을 닦는다

먼지 날아든 눈을 다급히 불어주던 날

건너

자그마한 불씨로 횃불을 피우려 애쓰던 날들

지나

생애 가장 볼록하게 빛났던

어느 하루를 기억한다

티 없이 맑았던 시선 꿰뚫던 눈빛은

어디쯤에 머물렀을까

두 눈에 힘을 주어

누군가를 살펴준 날이 얼마나 될는지

헐벗은 망막으로 시를 읽지 못하는

탁한 눈빛이 딱하게 시를 짓는다

지평선 너머로 사그라지는

겨우 남은 시선 하나

힘껏 눈을 비비며

희미해진 마음들에 말을 거는 저녁이다

어차피 한 번 보고 말 사람

섬은 발 닿는 곳마다 꽃천지였다. 4박 5일의 여행을 마치고 제주를 떠나오던 날, 비행기 타기까지 세 시간 정도의 시간이 남아 있었다. 검붉게 농익어 떨어지는 동백꽃과 벌들이 꿀에 취해 춤추는 유채밭, 이제 막 한창인 벚꽃들을 두고 발길이 떨어지지 않았다. 제주공항 근처에 있는 도두봉으로 향했다. 도두봉은 섬의 머리라는 뜻으로 정상에 올라가면 한쪽으로는 한라산이 다른 한쪽으로는 제주항이 펼쳐지는, 작지만 멋진 봉우리다. 초입부터 왕벚꽃이 소담하게 핀 꽃그늘 아래 나무 의자에 앉아 사진 찍는 사람들이 보인다. 쑥스럽지만 우리 부부도 다른 사람에게 부탁해서 사진을 찍고 올라갔다. 카메라를 이리저리 돌려가며 정성스럽게 여러 장의 사진을 찍어 주는 아가씨들의 마음이 꽃을 닮아 곱기만 하다.

봉우리 정상에는 울창한 나무 사이에 삼각형 초콜릿 모양의 공간이 생겨서 '키세스존'이라 부르는 사진 명소가 있다. 도착해 보니 사진을 찍으려는 사람들로 이미 긴 줄이 서 있었다. 주로 뒤에 서 있던 사람이 앞 사람의 사진을 찍어 주는 분위기였다. 연인들은 서로 마주 보거나 손을 잡은 채 다양한 모습으로 사진을 찍는다. 우리도 사진을 찍기 위해 이십 분 정도 기다렸다. 우리 바로 앞에서 들뜬 목소리로 이야기를 나누며 기다리던 가족이 사진을 찍을 차례였다. 초등학교 2, 3학년쯤 되어 보이는 귀엽게 생긴 딸과 세련된 차림의 젊은 부부는 방금 제주에 도착해서 그곳에 들른 것 같았다. 키세스존 앞에 먼저 선 딸이 길게 줄을 서 있는 사람들을 보고는 사진 찍기를 수줍어했다. 그러자 젊은 엄마가 "어차피 한 번 보고 말 사람들이야, 괜찮아."라며 딸의 사진을 열심히 찍어 준다. 남편도 쑥스러워하자 "어차피 한 번 보고 말 사람들이야, 빨리 가서 서!"라고 소리친다. 뒤에서 보고 있던 내가 가족사진을 찍어줄까 물어보았다. 젊은 아빠는 그러자 했지만, 엄마는 자기는 사진 찍는 거 싫어한다며 찍지 않았다.

사진을 찍어주려다 거절당한 것도 무안했지만, 아이 엄마의 "어차피 한 번 보고 말 사람들"이라는 말이 계속 귀에 거슬렸다. 한 사람의 언어는 그동안 읽었던 책이나 살았던 가족, 함께 놀았던 친구의 말의 총합이라는 글을 읽은 적이 있다. 그저 단순한 입버릇일까, 아마 개인주의 성향이 강하거나 살아오면서 인연의 소중함을 경험해보지 못한 것 같다. 말 한마디는 힘이 세서 뒤에서 기다리던 많은 사람을 졸지에 '단 한 사람'에서 '아무나'로 전락시키는 말이었다. 멀쩡하게 서 있다가 새똥 맞은 기분이 들어서 그 엄마가 밉상으로 보였다. 수줍어하는 딸의 자신감을 북돋아 주기 위해서라면 그냥 '너는 그 자체로도 충분히 예뻐'라고 말해주면 좋았겠다. 아니면 '사람들은 본인 사진 잘 찍을 생각에 다른 사람은 잘 못 본단다.'라고 했으면 그나마 내 기분이 괜찮을 것 같았다.

세상은 고리처럼 서로 연결되어 있어 그중 하나가 아프면 다 같이 아프고, 오랫동안 혼자만 행복한 것은 불가능하다는 혜민 스님의 말이 떠올랐다. 우주의 모든 사물은 서로의 인연으로 발생하기도 하고 소멸하며 시간과 공간 속에서 서로 원인이 되기도 하고 하나로 융합되기도 한다는 '화엄사상'을 풀어낸 말이다. 불교 신자는 아니지만 사람과 사람 사이는 보이지 않는 인연의 끈으로 이어져 있어 어디에도 하찮은 인연은 없다고 믿어왔다. 아직 어린 그 딸이 어차피 한번 보고 말 사람이라는 말과 생각에 익숙해져서, 사람과의 관계를 가볍게 여기거나 아무렇게나 행동해도 괜찮다고 생각할까 봐 걱정되었다. 더 나아가 나 하나쯤이야 라는 얕은 생각으로 이기적인 어른으로 자라면 어쩌나 우려도 되었다.

김소연 시인의 여행 산문집 『그 좋았던 시절에』서 '관계가 봉쇄된 마주침들이 도처에 매복해 있다.'라는 글을 읽은 적이 있다. '사람을 만나서 힘을 얻고 용기를 얻고 기쁨을 얻는 일은 점점 드물어진다.'라는 부분에서 고개를 끄덕였었다. 실은 그 엄마가 크게 잘못을 한건 아닐 수도 있다. 그녀에게 인간관계란 자기감정을 소모하지 않고 적당한 거리를 두는 것일지도 모르겠다. 절대로 상처 받거나 손해보지 않으며 살겠다는 요즘의 보통 사람일 수도 있다. 그런데 그 밋밋하고 버석버석한 삶을 상상만 해도 지루하고 피곤하다. 스치는 모든 사람은 저마다 소중하다고 인정하는 것, 타인에 대해 친절한 마음을 갖는 것은 얼마나 훈훈해지는 일인가. 여행 중에라도 마음을 조금 헐렁하게 내려놓고 봄꽃 보고 감탄하듯 사람에 대한 애정 어린 시선을 가져보면 어떨까.

여행 중에 만난 사람에게는 마음을 열고 사탕을 건네주거나 싱겁게 많이 웃기도 했다. 아픈 사람이 생기면 가져간 비상약과 반창고를 나누기도 했었다. 풍경에 빠진 자연스러운 표정을 보면 휴대폰으로 사진을 찍어 보내주기도 했고, 기약이 없지만 다음에 또 만나자는 약속을 하며 헤어지기도 했었다. 더러는 정말로 다시 만나 같이 밥을 먹거나 함께 스쳤던 순간을 되짚으며 추억을 나누기도 했었다. 다른 직업을 갖거나 다른 공간에 사는 사람들의 삶에 대해 상상하기도 하고 존중하는 것이 나의 여행 방식이자 자세였다. 여행 중에 맺어지는 목적이나 필요에 갇히지 않는 인간관계가 차곡차곡 쌓이면서 마음 부자가 된 것 같은 생각도 흐뭇했었다.

도두봉에서 내려와 무지개색 페인트가 칠해진 방파제 쪽으로 걸어갔다. 친구 또는 가족이나 연인처럼 방파제의 무지개색만큼 다양한 인연의 사람들이 보인다. 사람들은 손을 잡거나 어깨동무를 하거나 껴안기도 하면서 저렇게 서로 닿아있는 채로 사진을 찍는다. 언젠가 본 영화 〈어바웃 어 보이About A Boy〉에서 주인공이 윌이 "사람은 섬이다. 모든 섬은 바다 밑에서 서로 연결되어 있다."라고 했던 말이 생각나는 풍경이었다. 방파제에서 주차장에 도착해 차문을 열려는 순간, 결국 그 가족과 다시 마주쳤다. 가볍게 눈인사를 보냈다. 오늘만 벌써 두 번이나 보게 될 것을. 또 어디에서 어떻게 마주칠지 알 수 없는 인연들 아닌가. 남은 여행 중에 다른 사람이 전해주는 따뜻한 위로와 좋은 기운을 받을 만한 특별한 경험이 그들 앞에 일어나길 바라 본다. 적어도 나의 사전에는 어차피 한 번 보고 말 사람은 없다.

여름이 온다

유월인데도 벌써부터 한낮이면 덥게 느껴지는 걸 보니 봄이 다 지나간 것 같다. 신록은 푸르름이 짙어져서 먼 산의 골짜기가 조금씩 깊어지고 있다. 아카시 향기는 오래전에 흩어지고 한여름의 기운이 스멀스멀 다가오는 느낌이다. 매미가 울어대는 여름이 오면 이상하게 입맛이 줄어들어 밥을 잘 먹지 못한다. 그나마 찬물에 짠기를 뺀 오이지나 물에 씻은 묵은지를 쪽쪽 찢어 밥 위에 얹어 먹으면 입맛이 살아나곤 했었다. 이맘때쯤이면 돌아가신 외할머니의 모습과 함께 지낸 어릴 적의 여름날이 생각난다. 할머니는 늘 머리카락을 정갈하게 모은 뒤 자그마한 은비녀를 꽂아 쪽진 머리를 하고 계셨다. 언제나 구수하게 들었던 옛날이야기와 할머니가 만들어주시던 여름 음식들이 생각난다. 옛이야기는 몇 번이나 듣고 또 들어도 매번 처음 듣는 것처럼 재미있었고 여름이라 축 처진 나의 입맛을 북돋우었던 할머니의 반찬들이 떠오른다.

어릴 적에는 외할머니가 고만고만한 여섯 남매를 돌봐주시러 우리 집에 자주 오시곤 했다. 말랐어도 강단 있는 몸놀림으로 손볼 곳 많은 우리 집 살림을 바지런히 보살펴 주셨다. 하루 종일 힘들었을 할머니에게 철없는 손주들은 옛날이야기를 해달라고 매일 밤 졸랐다. 할머니의 옛날이야기는 워낙 구성지고 실감 나게 들려서 그 여름의 밤은 아껴 쓰던 몽당연필 부러지듯 아쉽고 짧게 느껴졌다. 멍청한 호랑이의 곶감 이야기나 으스스한 구미호 이야기가 끝나고 나면 이제 그만 자라고 이불을 덮어주셨다. 하지만 해맑기만 한 여섯 남매들은 잠들지 않으려 버티면서 한 편만 더 해달라고 조르곤 했다. 침을 꿀꺽 삼키도록 무서우면서도 다음 이야기가 궁금해서 이불 속에서 얼굴만 내민 채 할머니를 재촉하곤 했었다. 할머니는 고단함을 참아가며 수많은 이야기를 들려주셨다. 이야기에 빠져 오줌을 참다가 걸음을 옮길 수 없는 지경에야 배를 움켜잡고 화장실로 달려간 적도 있었다. 옛날이야기는 신기하게도 꿈속까지 따라왔었다. 할머니는 그 이상하고 신비한 꿈나라로 우리를 데려다준 뒤에야 하루 종일 고단했던 몸을 누이셨으리라.

여름날은 해가 길어서 친구들과 노느라 저녁 식사 시간을 놓치고 집에 들어간 적이 많았다. 땟국물이 꼬질꼬질 흐르는 얼굴로 집에 돌아간 늦은 저녁, 할머니가 끓여 놓으신 된장찌개는 강된장처럼 진득하게 졸아 있곤 했었다. 하루해가 다 지도록 오지 않는 손주를 기다리며 할머니는 된장찌개가 식지 말라고 데우고 또 데우신 것이다. 호박이며 양파가 형태를 알 수 없을 만큼 녹아들어있던 찌개의 맛은 할머니의 끈끈한 손주 사랑으로 내 가슴속에 남아 있다. 집에서 담근 재래식 간장에 멸치 몇 마리와 손으로 뚝뚝 자른 청양고추를 넣어 끓인 멸치 간장도 생각난다. 어린 나이였는데도 입맛은 어른스러웠나 보다. 막 쪄낸 호박잎을 멸치 간장에 찍어 밥에 싸 먹었을 때, 혀에 감기던 까실까실한 호박잎의 삼삭과 알싸한 고추맛이 그립다. 짭짤한 조갯살에 납작하게 썬 마늘과 양파를 넣어 고춧가루와 식초로 양념한 조개젓도 있었다. 뜨거운 밥에 살이 통통한 조개젓을 얹어 먹다 보면 밥그릇은 어느새 바닥을 보이고 아쉬움에 입맛을 다시기 일쑤였다. 할머니는 짜다 짜다 말씀은 하셔도 연신 밥

위에 조개젓을 얹어주시며 웃고 계셨다.

어느 해 겨울에 할머니가 눈길에 미끄러지면서 넘어져서 갈비뼈에 금이 갔었다. 팔순 후반의 고령이라 뼈들은 쉽게 붙지 않았고, 결국 거동이 불편해져서 수년 간을 집안에서만 지내셨다. 어쩌다 가끔 찾아뵈면 손주에게 뭐라도 해주고 싶은데 마음대로 움직이지 않는 몸을 답답해하셨다. 정작 나는 성인이 돼서도 할머니를 위해 해 드린 게 없는 것 같아서 아쉬운 마음이 앞선다. 어머니는 몸이 불편하신 할머니가 살아계실 날이 얼마 남지 않았다고 자주 찾아뵈라고 말했었다. 바쁘다는 핑계로 가야지 가야지 하는 중에 그만 할머니가 돌아가셨다. 어머니 말대로 살아계실 때 좀 더 자주 찾아뵐 걸, 이별의 순간이 그리 빨리 올 줄은 몰랐다. 영정 사진 속에서 단아하게 한복을 입고 계신 할머니를 뵙자니 아쉽고 죄송한 마음에 눈물만 흘렸다.

어릴 적 여름날의 멸치 간장이나 조개젓 맛을 기억해가며 그럴싸하게 흉내를 내보지만 똑같은 맛은 쉽사리 나오지 않는다. 내게 늘 너그럽고 포근했던 할머니를 이제는 뵐 수 없듯이. 할머니가 가신 지 이십 년이 다 되어가지만 돌아가시기 직전에 뵈러 가지 못한 게으름과 미뤄둠이 후회가 되어 한 번씩 찾아온다. 수많은 후회 끝에, 보고 싶은 사람이 있으면 미루지 말고 보러 가야 한다고 가슴에 새기게 되었다. 누군가 내게 고마운 일을 베풀면 그 순간이 지나가 오랜 옛일이 되기 전에 고맙다는 표현을 바로바로 해야 한다는 것도 알게 되었다. 덕분에 부모님과 가족은 물론 친구들까지 내 주변의 소중한 사람들에게 마음을 기울이게 되는 것 같다.

어느덧 나도 자꾸만 손주들이 보고 싶고 손주들 입에 맞는 반찬을 걱정하는 할머니가 되었다. 어릴 적에 들었던 옛날이야기를 어떻게 하면 손주들에게 재미나게 들려줄지 고심하기도 한다. 벌써부터 따가워진 햇볕 아래서 서로 장난치며 해맑게 뛰어노는 손주들을 바라본다. 이 순간이 마음속에 아늑하게 불을 밝혀준다. 솜털 여린 병아리를 보듯이 보고만 있어도 환하게 웃음이 나오고 얼마나 컸는가 공들여 들여다보게 된다. 할머니도 그때 그랬을 것 같다고 곁에 없는 할머니에게 가만히 속삭인다. 그리움에 나도 모르게 코끝이 찡해진다. 계절의 바퀴는 어김없이 돌며 풍경은 변해가지만, 사람의 시간은 기다려주지 않는다. 흐르는 시간의 감촉을 가슴으로 느끼면서 여름의 문턱에서 할머니를 그리워한다.

박주은

물기 머금은 습한 시가 총총 다가옵니다.
청명한 가을하늘 아래 살짝 들추어 아주 조금씩 조금씩
볕에 보송보송 뽀드득뽀드득 말려 봅니다.
새벽 공기가 경쾌합니다.

시

까치 등대
능소화
봄소식
그 목소리
채송화

약력

방송통신대학교 졸업. 계간 『문예운동』 등단. 청하문학회, 명륜문학회, 시계문학회원. 2021년 문예재단 창작 수혜. 수상 : 신사임당 기예대전 수상(2020). 저서 : 시집 『순수한 하늘거림이 마음을 흔드네』

까치 등대

울타리 쳐올려
보일 듯 말 듯
가만가만 옥탑방
온기로 품어
구순히 가족 키워내는 모성

떼까치산 까치
길 잃고 헤맬 적
굴참나무 까치집은
저들의 표지
숲속 민가 근처 어우러진
저들의 등대

능소화

도로변 중앙 화단
하늘 꿈 등에 진 어떤 소년처럼
꽃 더듬이 위로 하늘 향하나?
매끄러운 전봇대 허락질 않는다

전봇대 밑에서 높이를
재고 있는 꽃나무
'툭툭' 떨어져도 다시 피고
다시 힘을 내는 젊은이들

도서관에 몸을 감금한 채
환한 꽃 피워 내려

거름 넣기하고 있다
그 꿈이 환하길 소망하며

봄소식

봄 향내
조심히 뿌리며 다가온다.
콩나물 싹틔우듯
나뭇가지 잎새 눈 틔우고

목련 꽃샘추위에
개나리 진달래꽃은
잎보다 먼저 피어
아지랑이 보려고
깨금발 딛는다.

그 목소리

까꿍!
우리 손 이리 온
뛰어오는 손주 안으시며
눈 맞추는 굵은 목소리

아기 나와 놀자
문지방 오가며
바빠지시던 발걸음

두루마기 입으시고
오일장 가시던 어르신

김장하던 날
빨간 무생채 버무려
알큰한 보쌈
입에 물려 주시면
황새기 맛이 좋구나

쌀쌀한 날에 솔솔

피어오르는 하얀 담배 연기
기억 속의 풍겨오는
붉은 시루떡 향내

아슴아슴 휘돌려오는
헛기침 소리
도란도란 문틈에서 새 나오는
이야기책 읽으시던 낭랑한 소리

채송화

향교 흙 마당 작년
만났던 채송화

까만 알갱이 잠에서 깨어
마당에 꽃집 짓네

붉은 치마 노란 저고리
고깔 쓰고 소복소복 돋아났네
잔치마당 몰고 온 손님

까르르 웃는
공연장 아장대는 발걸음
마당가에 곳곳이
물기 떨구며 나풀거리는 꽃잎

환한 꽃등 펼쳐 들고
환하게 몰려왔네.

살아있는 아름다움의

덧없음

시계문학 열세 번째 작품집

살아있는 아름다움의 덧없음